おれは一万石

不酔の酒

千野隆司

双葉文庫

目次

那珂湊
高浜
秋津河岸
霞ヶ浦
北浦
鹿島灘
利根川
小浮村
高岡藩
高岡藩陣屋
酒々井宿
飯貝根
銚子
外川
東金

↑白沢・柳林・阿久津河岸へ
久保田河岸
▲筑波山
下妻藩
鯉川
小貝川
関宿
鬼怒川
粕壁
椚木村
牛久
野田
取手
柏
流山
三郷
木颪
川口
松戸
白井
江戸川
鎌ヶ谷
萩原村
隅田川
江戸城
行徳
印旛沼
日本橋行徳
新川
小名木川
↓市原郡へ

おもな登場人物

井上正紀……下総高岡藩井上家当主。
竹腰睦群……美濃今尾藩藩主。正紀の実兄。
山野辺蔵之助……北町奉行所高積見廻り与力で正紀の親友。
植村仁助……正紀の近習。今尾藩から高岡藩に移籍。
井上正国……高岡藩先代藩主。尾張藩藩主・徳川宗睦の実弟。
京……正国の娘。正紀の妻。
佐名木源三郎……高岡藩江戸家老。
佐名木源之助……佐名木の嫡男。正紀の近習。
井尻又十郎……高岡藩勘定頭。
青山太平……高岡藩廻漕河岸場奉行。
杉尾善兵衛……高岡藩廻漕河岸場奉行助役。
橋本利之助……高岡藩廻漕差配役。
松平定信……陸奥白河藩藩主。老中首座。
徳川宗睦……尾張徳川家当主。正紀の伯父。

おれは一万石
不酔の酒

前章　造酒額厳守

一

　酷暑続きだった六月も、最後の日となった。空にはまだ夏の雲が居座っていて、蟬《せみ》の音《ね》が降ってくるが、大通りを吹き抜ける風はこれまでといく分違う。

　日陰に入ると心地よかった。

　井上正紀《いのうえまさのり》は近習《きんじゅう》の佐名木源之助《さなきげんのすけ》と植村仁助《うえむらにすけ》を伴って、幅広でまっすぐに延びる賑やかな通りを歩いていた。大店《おおだな》や老舗《しにせ》が、強い日差しを浴びて並んでいる。小僧が撒《ま》く水が、光を跳ね返して輝いて見えた。日本橋《にほんばし》から京橋《きょうばし》へ向かう道だ。

「どけどけっ」

　荷車が土埃《つちぼこり》を立てて通り過ぎていく。荷運びの男たちの汗が散るのが分かった。

老若《ろうにゃく》の町人だけでなく、深編笠を被った侍の姿もあった。ただ昼下がりの炎天ということもあって、人の通りが多いわけではなかった。

何やらお喋《しゃべ》りをする三人の娘とすれ違ったが、身なりは地味だった。

「近頃は娘の着物も髪飾りも、遠くからでも目につくような明るいものが少なくなりましたね」

「まことに。質素倹約のお触《ふれ》が効いているのでしょうか」

植村の言葉に、源之助が続けた。寛政《かんせい》三年（一七九一）も晩夏となって、松平定信《まつだいらさだのぶ》が老中に就任して四年が過ぎたことになる。奢侈《しゃし》を禁ずる政策は、人々の暮らしから明るい色合いを失わせてきていた。

「面白くないですなあ」

「そうだが、あまり大きな声で言わぬ方がよいぞ」

巨漢のせいか、植村の声はあたりに響く。正紀はたしなめた。

正紀は美濃今尾《みのいまお》藩三万石の竹腰《たけのこし》家に生まれたが、下総高岡《しもうさたかおか》藩一万石井上正国《まさくに》の娘京《きょう》と祝言《しゅうげん》を挙げて、婿に入った。今年の三月に藩主の座に就き、藩政を担《にな》う立場となった。

源之助は、高岡藩江戸《えど》家老佐名木源三郎《げんざぶろう》の嫡男で、正紀が藩主になったときに近習の役に就いた。同役の植村は元今尾藩士で、正紀と共に高岡藩に移ってきた。どちらも腹心といっていい。

「大殿様のお加減は、いかがでしょうか」

源之助が、話題を変えた。案じ顔になっている。植村も頷《うなず》いた。

「ううむ。あまり芳《かんば》しくはないな」

道端《みちばた》で立ち止まった正紀は、困惑の返答をした。

先代藩主正国は、大坂加番《おおさかかばん》や定番《じょうばん》を務めた後は奏者番《そうじゃばん》の役にまで就いた。しかし心の臓の病を得て、この数か月は床に就いたままだった。何度か発作を起こし、そのたびに痩せて顔色が悪くなった。

藩医辻村順庵《つじむらじゅんあん》の見立てでは、一月《ひとつき》か一月半、二か月は持たないだろうというものだった。正室の和《かず》も京も心を痛めている。二人は侍女任せにしないで、看護に当たっていた。

京は身重だが、快復の見込みのない実父の病に付き合う覚悟だった。

「藩財政も、少しずつ《つ》ではございますが、よい風向きになっているのに」

植村がため息を吐いた。藩財政が軌道に乗る様を見守ってもらいたいとの願いは、正紀にも家臣《かしん》たちにもあった。

正紀が婿に入ったとき、高岡藩の財政状況は極めて厳しいものだった。領地に隣接する利根《とね》川の護岸工事に必要な杭二千本を用意することもできなかった。

正国が公儀のお役に就いている間、正紀は困窮《こんきゅう》する藩財政の立て直しに力を尽くしてきた。領地にある高岡河岸《かし》には五つの納屋《なや》を置き、利根川水運の中継地として活性化させることを目指した。今では、無視しえない額の運上金《うんじょうきん》や冥加金《みょうがきん》が藩に入るようになった。

それだけではない。銚子《ちょうし》から仕入れる〆粕《しめかす》や西国讃岐《さぬき》から送られる詫間塩《たくましお》の販売に至るまで、正紀の主導によって事が進められてきた。それで確かな収益が、得られるようになったのである。

「二割の禄米の借り上げがなくなり、藩士一同喜んでおります」

源之助が言った。

これまでは何年にもわたって、藩士の禄から二割の米を借り上げていた。借りるとはいってもそれは名目で、返されることはない。実質は減俸《げんぽう》といってよかった。それがなくなったのである。

藩財政が上向いてきたところでの、正国の病だった。

「まだまだこれからだ」

と思っていた矢先の出来事だった。

「一日も早いご快癒《かいゆ》を祈ります」

源之助の言葉に植村は頷いた。

正国の病状は気になるが、藩の財政逼迫《ひっぱく》を改善する手立ては探り続けなくてはならない。盤石《ばんじゃく》と言うには、まだほど遠いものがあった。

質素倹約を旨とする定信の政策は、商いの流れを滞《とどこお》らせている。それに乗っているだけでは、状況は厳しくなるばかりだ。民の不満も溜まっている。定信は市井《しせい》の者の暮らしぶりなど、何も分かっていなかった。

「こういうときこそ、知恵を絞らなくてはなるまい」

何もできないとは考えない。日々頭を悩ませてきた。

「藩財政を潤《うるお》すために、何ができるか」

正紀は日々それを考えている。源之助や植村とは、何度もその話をしてきた。

そこで町の動きや物の値の動きを探るために、江戸の繁華街と呼ばれるあたりに、できる限り家臣と共に出てきていた。町の様子を実際に見て廻ることで、商いの動きや町の者の嗜好《しこう》と暮らしぶりが見えてくる。

高岡藩は新田開発ができにくい土地で、高岡河岸を生かす工夫をして金子を得るしかない。

利根川沿いという地の利を生かすことで、水上輸送の利便性を訴えてきた。また江戸での物の売れ行きは、物資輸送に影響を与える。だから商いの様子については、正紀は常に注意を払ってきた。困難なこともあったが、今では利用が増えて成果が実を結び始めていた。

「藩財政を揺るぎないものにする。そのために、高岡河岸をさらに栄えさせる」

それが正紀や家臣たちの願いだ。

三人は、一軒一軒の商家の商いの様子に目をやる。どのような商品が売れているのか、値動きにも気をつけた。

酒屋の前に立ち止まって、値札に目をやった。薦被《こもかぶ》りの酒樽が積まれているが、品数はそれほど多いとは感じなかった。一月《ひとつき》ほど前にもこの店の前に立ったが、明らかに品薄になっている。

「酒の値が、上がっております」

「そのようだな」

植村の言葉に、正紀が応じた。

「下り酒だけではありませんね。地廻り酒も同様です」

と源之助が続けた。

灘《なだ》や伏見《ふしみ》などの西国から樽廻船によって江戸へ運ばれてくる清酒は、極上品といってよかった。しかし売られている酒は、それだけではない。江戸周辺で造られる地廻り酒もあった。

ただそれらは、洗練された酒造技術によるものではないので雑味が多い。濁《にご》りの残った品もあり、安価な酒とされた。もろみを「濾《こ》す」作業をしないどぶろくも売られている。

酒好きは、銭がなくても飲みたい。下り酒には手が出なくても、安価な江戸周辺で拵《こしら》えられた濁り酒やどぶろくといった地廻り酒でも、喜んで飲んだ。

「この店は、上酒が一升二百五十文ですね」

見て廻ったところ、おおむねこの値段だった。

「しばらく前は、二百文をやや超えた程度でした」

そう呟《つぶや》いた源之助は、店の前にいた手代に問いかけた。

「値上がりには、わけがあるのか」

「へい。品不足でして。昨年の、稲の不作が響いています」

昨年は関八州《かんはっしゅう》の一部の地域で、野分《のわき》の嵐や害虫が農作物を襲った。これによって稲も大きな被害を受けた。

幸い高岡藩は野分の通り道から外れ、害虫の多発もなかった。大きな被害を受けなかったのである。平年並みの作柄だった。

ただ災害による米不足で、値は上がった。高岡藩には幸いだったが、被災した藩では収穫量が大幅に減った。

「酒商いにも響いたわけだな」

「ええ。それで地廻り酒を、江戸から離れたところから集めています。お求めになるお客さんは、減りませんので」

下り酒は遠すぎてどうにもならないが、北関東あたりからならば集められると付け足した。

「そうはいっても、酒造で造られる清酒には限りがあるのではないか」

聞いて頭に浮かんだ、正紀の疑問だ。

「ええ、あらかたが決まった先へ出荷されています。そこでお百姓などが、自分で飲むために造るどぶろくなども買い入れています」

「なるほど」

「たとえ一升二升でも、まとまればそれなりの量になります。品不足の折では、多少味が落ちてもすぐに売れますから」

手代の話には、得心がいった。三人は、通りの日陰に入って話をした。

「藩が関われますかね」

植村は目を輝かせていた。酒造や問屋にはなくても、百姓の家には自家製のどぶろくが眠っている。

「仕入れるには、先立つものがなくてはなりませぬが」

頷いた源之助だが、問題点はあった。正紀の気持ちも動いたが、物の値は、高くなりすぎれば下落する。

これからさらに値上がりをするかどうかは不明だった。

「今年の稲の作柄予想は、悪くない。良好ならば酒に回せる米が増え、酒価は落ち着くのではないか」

「そうなると、値は下がりますね」

植村がため息を吐いた。地廻り酒の買い付けについては、様子を見る必要がありそうだった。

二

月が替わって、七月の月次御礼《つきなみおんれい》で正紀は登城をした。強い日差しが、櫓《やぐら》や城壁を照らしている。どこにいても、蝉の音が響いてきた。

裃《かみしも》姿で、小袖は腰に縹色《はなだいろ》の縞《しま》模様を織り出した腰替熨斗目《こしがわりのしめ》となっている。慣れない服装で、噴き出す汗を何度も手拭いで拭いた。

城内廊下では、様々な大名とすれ違った。必要な相手には、こちらから挨拶《あいさつ》をしたり黙礼をしたりする。立ち話をすることもあった。

松の廊下では、松平定信と本多忠籌《ほんだただかず》など数人の閣僚とすれ違った。親しそうに談笑しながら歩いている。出会った大名や旗本たちは、廊下の端に寄り黙礼をする。

定信らは答礼をして通り過ぎた。

その数人の中に、正紀は伊予新谷《いよにいや》藩主の加藤泰賢《かとうやすまさ》が交じっていることに気づいた。談笑の中に加わっている。正紀には意外だった。

新谷藩は一万石の外様である。泰賢の歳は確か二十五歳で、正紀よりも三つ上だと聞いていた。前に誰かに紹介されて、短い話をしたことがあった。

一団は正紀の前にも来たので、廊下の端に寄って黙礼をした。

正紀が黙礼をしても、松平定信や本多忠籌らは答礼をしない。気づかぬわけはないが、一顧《いっこ》だにせず通り過ぎた。

とはいえ腹は立たない。いつものことだ。

城内では、老中の定信を中心とした一派と御三家筆頭の尾張《おわり》藩に親しい者たちが対立している。定信は時の権力者だから、与《くみ》する者は多い。

正紀の実父竹腰勝起《かつおき》は、尾張徳川《とくがわ》家八代当主宗勝《むねかつ》の八男だった。そして義父の正国は十男で、高岡藩井上家は、尾張徳川家の血筋から二代にわたって当主を迎えた。今の尾張藩主宗睦《むねちか》は、正紀の伯父に当たる。正紀の実兄である今尾藩主睦群《むつむら》は、尾張藩の付家老《つけがろう》を務めていた。

繋がりは深い。高岡藩井上家は浜松《はままつ》藩六万石井上家の分家でもあるが、今は尾張一門と見られていた。

宗睦は、定信が老中職に就く折には力を貸した。聡明さに期待をしたが、質素倹約を柱にした定信の施策は、必ずしも功を奏しているとはいえなかった。囲米《かこいまい》の触《ふれ》や棄捐《きえん》の令などは、明らかな失策だと断じている。

定信政権には、見切りをつけたのである。

正紀や高岡藩は、尾張一門としてこれまでも強固な協力体制にあった。正国の奏者番辞任や将軍家斉《いえなり》の実弟亀之助《かめのすけ》の行方不明の折など、明らかに定信の思惑とは反する動きをしてきた。

通り過ぎていった定信らに目をやっていると、美濃高須《たかす》藩主の松平義裕《よしひろ》に声をかけられた。高須藩は尾張藩の支藩で、御連枝《ごれんし》という扱いになる。正紀とは一門同士だから、気さくに声をかけてきた。尾張一門の結束は固い。

「なぜあそこに、加藤泰賢が交じっているかお分かりか」

と義裕に問われた。

「いや」

見当もつかない。気が合うといったものではないだろう。

「新谷藩の本家は、伊予大洲《おおず》藩でござる」

六万石の外様だとは、正紀も知っていた。

「外様の一万石でありながら、ご老中方とは親しそうでした」

常ならば、相手にしない。閣僚は、挨拶されても答礼をする程度だ。だから義裕は話題にしたと分かる。

「本家の大洲藩加藤家と白河《しらかわ》藩松平家の間には、縁談が持ち上がっている」

「えっ」

これは驚いた。大洲藩主加藤泰済《やすずみ》は、まだ七歳だ。ただその年齢で婚姻の話が出るのは、珍しいことではなかった。大名家同士の策略というものだ。

「定信様は、大洲加藤家を取り込もうとしているわけですね」

すぐに思いつく。

「そういうことでござろうよ」

定信は、勢力範囲を増やそうとしている。四国の大名家も、手の内に入れようという腹だろう。

百万石の前田《まえだ》家が、尾張と近づいた。それへの警戒があるのかもしれなかった。前田家の幼《おさな》い若君亀万千《きまち》と尾張一門の松平義当《かつまさ》の娘琴姫《ことひめ》との縁談がまとまったばかりだ。

これには、将軍家斉の実父一橋《ひとつばし》家の徳川治済《はるさだ》も力を貸した。現政権への反対勢力である尾張の力は、大きくなっている。

「勢力を伸ばそうという腹ですね」

「したたかな御仁《ごじん》だ」

それだけ言うと、義裕は立ち去って行った。その後、加賀《かが》藩の前田治脩《はるなが》とも会った。

「これは井上殿」

正紀が挨拶をすると、丁寧に受けて返した。こちらは一万石でも、百万石を鼻にかけることはなかった。

定信は政《まつりごと》をなす部分では、大きな権力を持っている。しかし盤石ではなく、支持しない勢力は他にもあった。

大奥で権力を握る高岳《たかおか》や滝川《たきがわ》といった御年寄《おとしより》たちだ。

「だからこそ強面《こわもて》に見えても、寄ってくる者には寛容な姿勢を見せるのだ」

と正紀は思った。


正紀の伺候席《しこうせき》は菊《きく》の間《ま》縁頬《えんきよう》で、登城の折はここに詰める。無役の大名は特にすることもなかった。

ただ正紀は退屈だとは感じない。大名や旗本たちの動きが見えるし、話す言葉が耳に入って、思いがけない内容を知ることもあった。おおむねはどうでもいいものだが、話し手の藩の様子が窺《うかが》えることもある。だから正紀は、会話が聞こえてきたときにはいつも耳をそばだてた。

話に加われる相手ならば、近づいた。

中年と初老の大名が話をしている。定信に近い者たちだから、話は聞くだけだった。

「酒に回す米がない。仕方のないところでござろう」

災害による稲の不作についての話らしかった。

「今年も野分だけでなく、害虫が湧いた土地があるそうな」

「厄介《やっかい》な話でござる」

二人の大名は、ため息を吐いた。高岡藩ではなかったが、他藩では今年も水害にやられた土地があった。

「ともあれ酒好きには、辛いところだ」

「稲が採《と》れねば、仕方がなかろう」

「しかしそれでも、造る者はあろうな」

「高く売れるとなれば、そうでござろう。己で飲むために拵える者もあるに違いない」

「そこで、でござる。幕閣では『造酒額厳守《ぞうしゅがくげんしゅ》』の触を出すと決めたようだ」

声を潜めて続けた。

「どうやらそれは、この二、三日のうちらしい」

「まことに」

「いかにも。確かな筋から聞いた話でござる」

耳を澄ましたので、正紀は聞くことができた。昨日町廻りをして、品不足を実感したばかりだった。

「幕閣は、腰を据えてかかるわけですな」

「さよう。過造《かぞう》や隠造《いんぞう》は厳罰とする運びだと聞き申した」

酒造については、諸産業の中でも特に厳重な領主統制があった業種だった。それは酒造業が、幕藩領主経済の存続を左右する米穀《べいこく》加工業だったからに他ならない。米価調整のために、生産量を領主が定めたのである。不作の折には生産を抑え、豊作の折には米価下落を防ぐために生産量を増やさせた。

これは天領だけでなく、高岡藩でも行った。米価の下落は、藩の収入に響く。天領は、その規模が大きい。

「すると天領の酒造では、稼げなくなりますな」

「いかにも。百姓が自家用の酒を拵えるのにも、公儀の目が光るのでござろう」

「ご貴殿の国許《くにもと》では、どうなさるのか」

決めるのは藩だから、定信の施策に倣《なら》うのかどうかと問いかけたのだ。各藩すべてにそうしろと命じるのではないが、気になるのだろう。

「それは」

問われた方の大名はしばし思案《しあん》したところで答えた。

「まあ、同じようにすることになろう」

天領だけでなく、定信派に与する藩からは酒が出回りにくくなる。けれども飲みたい者は減らない。

「酒価は上がるぞ」

と正紀は胸の内で呟いた。

第一章　仕入れる先

一

下城し、高岡藩上屋敷へ戻った正紀は、舅《しゅうと》になる前藩主正国の病間に入った。城内で見聞きしたことを伝えた。病《や》み衰えているとはいえ、一時は奏者番として幕閣の一翼を担《にな》った月日があった。

城内の模様に、関心がある様子だった。名を挙げれば、どこの藩主かすぐに分かる。旗本でも、役付きならば名を覚えていた。

病状は、今日もよいとはいえなかった。痩せて皺《しわ》が増えた。土気色《つちけいろ》の膚《はだ》をしている。壮健だった頃のきりりとした表情を思い起こすと胸が痛むが、その気持ちは呑み込んだ。

定信や本多の様子を伝えた後で、耳にした『造酒額厳守』の話もした。

「あやつは思いつくと、媚びて寄ってくる者からしか考えを聞かぬ」

あやつとは、定信をさす。

「異を唱える者はおらぬだろう」

と続けた。

「まさしく」

正紀も同感だ。囲米や棄捐の令など、吟味《ぎんみ》を重ねたとはとてもいえない。

「一枚の触《ふれ》で、世の中の者すべてが動くと考えるのは傲慢だ」

定信は、百姓や町人の気持ちは分からないと告げていた。触を出せば、皆が畏《おそ》れ入って聞くと考えるのは大間違いだ。強権で抑えるのには限界がある。宗睦や正国は、定信の施策は必ず綻《ほころ》びが出ると見ていた。

「では、触は守られぬと」

「守るふりはするであろう」

「はあ」

表向き逆らえば、酷い目に遭わされる。聞くふりだけはして、小さなところで骨抜きにしてゆく。したたかに、暮らしに根差した動きをしてゆく。

領民を舐めるなとは、正国がよく口にしていた言葉である。

「あやつは、酒飲みの気持ちも分かっておるまい」

正国は今でこそ酒を飲めないが、元気な頃はよく飲んだ。

「隠れてでも造りますか」

「飲みたい者がいれば、商人《あきんど》は売る」

断言した。正国は大坂定番などの役目で長くかの地で暮らし、上方《かみがた》のしたたかな商人とも関わりを持った。うまくしてやられて、臍《ほぞ》を噛む思いもしたはずだった。名門の殿様暮らししかしていない定信とは違う。

「しかし米は、ないのでは」

「なあに。金や米などは、ないないと騒いでも、あるところにはあるものだ」

そんなことも口にした。薄く笑った表情には、窶《やつ》れがあってもふてぶてしさが蘇《よみがえ》っていた。

「そうかもしれない」

と正紀は思った。もっと話したいが、長話は禁物だ。これだけ話すのでも、疲れた様子が窺えた。肩で息をしている。

病間を出た正紀は、御座所に江戸家老の佐名木と廻漕河岸場奉行《かいそうかしば》の青山太平《あおやまたへい》、勘定頭《じょうがしら》の井尻又十郎《いじりまたじゅうろう》、それに源之助と植村を呼んで城中での様子を伝えた。

佐名木は正紀が井上家に入ったときから、後ろ盾として惜しみない力を貸してくれていた。藩士たちからの信頼も厚かった。現れ来《きた》る難題を凌げたのには、佐名木の助言が大きい。

井尻は融通の利かない堅物だが、藩の金の流れについては精通していた。小心者ではあっても、藩を守るという気持ちは強かった。

「酒造に関する定信様の触は、いかにも唐突でございますな」

佐名木が言った。やはりこの件が、気になったらしい。

「真っ当な触だとは存じますが」

源之助が、首を傾《かし》げながら返した。

「米の不作で、酒どころではないとするのは間違ってはいない。ただ触を受け取る者の気持ちは分かっておらぬ」

「密造の酒も造られましょう」

井尻が言った。佐名木も井尻も、酒を嗜《たしな》む。正紀も、飲めないわけではない。

「まさしく。値は上がるでござろうな」

佐名木は応じた。

「ならば、当家で仕入れて売ることもできますな」

青山が言った。廻漕河岸場方は、高岡河岸に運ぶ商いの荷を増やすことで、藩の実入りを増やすことを目指した部署だ。藩自らが仕入れと販売も行う。そこの長だから、考えはそこへ行く。

「いかにも」

源之助は、乗り気な様子だった。

「いや、それはどうか」

ここで井尻が、口を挟んだ。

「酒を仕入れるには、金子が要りまする」

「…………」

「そのような余分な金子が、当家にありましょうや」

井尻が、身も蓋もないことを口にした。藩の財政事情はよく分かっているから、告げられて源之助は肩を落とした。植村はため息を吐いた。

誰も言い返せない。

「いや、間違いなく売れるのであれば、他に使う金子を一時回すことができるのではござらぬか」

青山が思いついたように言った。井尻も、言い返しはしなかった。

「しかし不足している地廻り酒が、そう容易《たやす》く手に入るのでしょうか」

植村が言った。酒を仕入れると口では言えるが、実際に動くとなれば、どこへ行けばいいのか見当もつかなかった。

百姓家を一軒一軒廻っていたら、とてつもない暇と手間がかかる。

江戸近郊の村ならばという話はしたが、具体的なことは思いつかない。高岡領内には酒造はなかった。

「酒好きは、たとえ不作の年であっても、酒を造るでしょう」

自家用の酒のことを、佐名木は言っていた。井尻が頷いた。

「ではそれを、廻漕河岸場方で集めましょうか」

青山は乗り気になっていた。一軒一軒でも廻るつもりらしい。

藩で新たに始めた詑間塩の仕入れは順調だが、現地の生産量には限りがあった。こちらの都合で増やすわけにはいかない。〆粕についても同様だ。

「遠方からですと、江戸へ運ぶ廻漕料がかかりますぞ」

と井尻は、あくまでも損得を計算する。

「やはり近場から始めてはいかがでしょうか」

源之助も、気持ちが動いているようだ。

「ただ、仕入れをしたい商人たちも動いているに違いない」

佐名木が言った。同じことを考えるだろう。商人が、この機を逃すわけがない。やる方向で、さらに検討することにした。

それから正紀は、京の部屋へ足を向けた。

「ととさま」

部屋に入ると、孝姫《こう》がしがみついてくる。相変わらず元気がいい。

「高い高い」

そう言って抱き上げてやる。けたけたと笑って喜んだ。侍女たちは、そういう遊びをしない。抱き上げていると、少しずつだが骨格がしっかりしてゆくように感じた。言葉もはっきりしてくる。

幼児の成長には目を見張るものがあった。

出産を控えた京の腹は、誰の目にも大きくなっている。十月中には出産になるという、産婆の見立てだった。

「ぜひ跡取り様を」

藩内では男児を望む声が大きいが、正紀は母子《おやこ》ともに健康であればそれでいいと思っている。どうしようもないことだ。

京には、流産をした過去があった。自分でそれを責める気配があったが、「気にしてはならぬ」と伝えていた。

男児を得られなければ、跡取りは婿を取ればいい。正紀も婿だ。京は己の出産と、正国の体調に気を配る毎日だった。

『造酒額厳守』の触について、話をした。

「酒の値は、まだまだ上がるぞ」

「気になるならば、なさったらよいのでは」

仕入れる先が天領でなければ問題ない。これまでも、できると思えなかったようなことをやってきた。

「そうだな」

「無理だと思ったら、そこで手を引けばよろしいのでは」

背中を押された。

二

江戸近郊から、自家用の酒がどれほど集められるのか、正紀には皆目見当《かいもく》がつかない。とはいえ捨て置くつもりもなかった。

そこで翌日、蔵奉行の下役として郷方《ごうかた》を廻っていた杉尾善兵衛《すぎおぜんべえ》と河岸場の番をしていた橋本利之助《はしもとりのすけ》を呼んだ。

二人は共に青山の下で、廻漕河岸場方として役務に就いていた。高岡との間を行き来するが、今は江戸にいた。

「百姓の家では、どこも酒を造っているものか」

と訊いてみた。

「天明《てんめい》の凶作の折は、さすがにいませんでしたが、作柄がよくなれば、領内でもどぶろくなどの酒は造っていました」

あくまでも自家用のものだ。まったく飲まない家では、何もしない。

「酒好きは、屑米《くずまい》でも拵えます」

二人はすでに青山から、酒の売買については話を聞いていた。

「百姓も、酒好きは少なからずおりますゆえ」

「いるならば、村々を廻ることをお許しいただきたく」

やる気満々だった。廻漕河岸場方として仕入れをし、売りたいらしかった。酒の値が、まだまだ上がると踏んでのことだ。

「しかしな、仕入れるには元手がいるぞ」

昨日の井尻の言葉を頭に浮かべながら、正紀は言った。二人の考えを、まずは聞いておく。

「品薄ならば、買い手は前金を出しましょう」

杉尾は即答した。橋本が頷いている。杉尾は年貢米の売却にも関わっていたので、商人の気質は分かっていた。

「では手始めに、買い手を当たってみよう」

「ははっ」

高岡藩だけでなくどこの大名家でも、酒を含めた日用品は御用達《ごようたし》を決めて買い入れていた。商家にすれば、大名家御用達という看板を下げられるので、買い入れる量に関わらず出入りをしたがった。

献上品として盆暮れや慶弔の折には、品物も持参してきた。

井上家が酒を買い入れていたのは、竪川《たてかわ》河岸本所相生町《ほんじょあいおい》の弐瓶《にへい》屋という店である。早速向かうことにした。

正紀も同道する。他の酒屋からも、話を聞くつもりだった。

「これはこれは、井上様」

主人は愛想《あいそう》よく迎えた。

店内には、様々な銘柄の薦被《こもかぶ》りの酒樽が並んでいる。西国からの下り物はもちろん、地廻り酒もあった。どぶろくは、薦の被らない古樽に入れられて店の隅に置いてある。

それぞれの樽には、産地と銘柄、一升あたりの値を記した札が貼られている。一つ一つ検《あらた》めた。下り物の上酒は、一升二百五十四文をつけていた。下級酒は一升二百二文で、ここまでが清酒だ。

清酒とはいっても、安価な酒には濁りがある。産地を明確にしないどぶろくは一升百四十七文だった。

「濁っていても、清酒というのか」

正紀は疑問に思ったので、主人に尋ねた。

「はい。濁ってはいても、発酵《はっこう》後のもろみを濾《こ》しております。濾すという手間をかけている点で、どぶろくとは違う酒となります」

「なるほど」

百姓が自家用に拵えるのは、どぶろくの方だ。

「この二、三か月で、ずいぶん値上がりしました」

主人は酒樽についた値札に目をやりながら言った。

「米不足のせいだな」

「関八州だけでなく、西国でも野分による水害があったようで」

地廻り酒だけでなく、下り酒も入荷量が例年より少なかったと付け足した。野分はこちらの事情などお構いなしに押し寄せてくる。

「では仕入れた分は値上がりをして、さぞや儲かっているであろう」

「めっそうもない。仕入れ量が限られていますので、儲かるというほどではございません」

首と手を横に振ったが、目はまんざらでもないといった様子に見えた。話をしている間にも、客がやって来た。

「しかし在庫があるであろう。それらはさらに、値が上がるのではないか」

「まあそれは」

否定はしない。

「近く、何か酒についての触が出ると聞いたが」

「どうもそのようで」

主人は真顔になって答えた。知らないだろうと思いながら試しに口にしたが、弐瓶屋は『造酒額厳守』の触が近く出るとすでに知っていた。少し驚いた。

「いつどこで聞いたのか」

「二、三日前くらいのことです。酒商い仲間の者から耳打ちされました」

公儀の役人に鼻薬を利かせて聞き出したのに違いない。

「それでこれからの商いの仕方について、考えたわけだな」

商人ならば、当然だろう。

「まあ」

主人は頷いた。

「酒飲みは、懐が厳しくても酒を求めるからな」

「ありがたいことでございます」

頭を下げた。口元が緩んでいる。

「売り惜しみをしておるのか」

「そのようなことはいたしません。店の信用に関わりますゆえ」

胸を張った。

「仕入れを増やそうというわけか」

「もちろん、そうしたいところでございますが。江戸近郊の酒造は、すでに各問屋が廻っているようでして」

ぼやくような言い方になった。弐瓶屋でも廻ったようだ。

「どこも品切れだったわけだな」

「はい」

ため息になった。

「己や親族が飲むために拵えている百姓はおろう」

「それはありましょう。近所に配ることもあるかもしれません」

とはいえ量は分からない。

「それを、集められぬか」

弐瓶屋は、ああという顔になった。

「ええ、考えている問屋もあります」

ただ集められるのは、どぶろくとなる。

「清酒でなくても、商いになるのだな」

「それはもう。こういう折でございますので」

酔いたいが先にくれれば、高値の清酒は買わなくなる。どぶろくであっても、値は上がっていた。

「わしらが集めたら、どうなるか」

「ええっ」

驚いた様子だったが、それで今日訪ねた意味を理解したらしい。主人は一つ頷いてから問い返してきた。

「おできになりますか」

商売をしようという顔になっていた。

「やってみなくては分かるまい」

「それはもう」

やれるならば、やってほしいといった顔だ。

「いくらならば買うか」

「さようでございますねえ」

少々お待ちをと言って、帳場へ行った。少しばかり番頭と話をしてから戻ってきた。

「どぶろくでしたら、一升を百二十文でお引き取りいたしましょう」

輸送費はこちら持ちだ。

「触が出て、これから値の上がる品だぞ」
言われた値では売らない。正紀が返すと、弐瓶屋は渋い顔をした。しかしやめようとは言わなかった。

「一升を百三十五文で、いかがでございましょう」
と引き上げた。

「ただ今月中に納めるということでお願いいたします」
期限を切ってきた。値上がりするのは、そのあたりまでだと踏んでいるようだ。どぶろくも、裏店《うらだな》の者が買えない値になっては商いにならない。

「支払いは、いつか」
ここが肝心だ。後払いでは困る。

「仕入れられることがはっきりしましたら、その段階で半金を出させていただきます」
杉尾と橋本に目をやると、二人は頷いた。いけるだろうという合図だった。

「百姓は、どの程度の値で手放すのであろうか」

「それは皆様方のやり方次第でございましょう。もちろん酒があればの話ですが」

厳しいぞと言っていた。向こうにしたら、やれるならやってみろといったところだろう。

「通常ならば、いかほどか」

「一升ならば、五十文程度でしょうか」

輸送料を除いて、四斗樽《しとだる》(四十升)一つで千四百文の利を載せるとすれば、百樽でも三十五両となる(一両を四千文として)。ひと樽でそれ以上の利を得られ、さらに倍の量を仕入れられれば、八十両も夢ではない。

高岡藩にとって、これは大きい。

「分かった。当たってみよう」

正紀たちは、弐瓶屋を出た。

「酒好きは、大勢おりまする。売るかどうかは、こちらの出す銭の多寡《たか》によると存じます」

郷方廻りを長くしてきた杉尾は、百姓たちを舐めてはいない。楽しみを奪うわけだから、それ相応の値をつけなくてはならないと言っていた。また年貢ではないので、無理やり出せとは言えない。

他の店も当たった。

「ええ。まとめてくだされば、どぶろくでも買わせていただきます」

酒問屋の番頭は言った。今だけで、三月《みつき》先ならば、どのような値がついているかは分からないと口にする者が多かった。

次は仕入れだ。

「されば明日にも、葛飾郡《かつしか》の中川《なかがわ》あたりの村を当たってみまする」

杉尾が言った。

三

空で鳶《とんび》が鳴いている。どこまでも青い、晩夏の空だ。湧き上がる雲が白い。川を挟んだ緑の田圃《たんぼ》がどこまでも広がっていた。

「いよいよすべての稲が出穂《しゅっすい》したようだな」

「まことに、花を咲かせているものがありますね」

杉尾の言葉に、橋本が頷いた。白い稲の花はごく小さいので、橋本は顔を近づけて見ていた。すぐに萎《しぼ》んでしまう花だ。

稲のにおいを、杉尾は深く吸い込む。村々を廻ってきた身としては、慣れ親しんできたにおいだ。

杉尾は、正紀と共に御用達の弐瓶屋へ行った翌朝、橋本を伴って竪川を東に向かって歩いていた。時折、帆を張った荷船が通り過ぎていく。

まず亀戸《かめいど》村で、百姓家を訪ねた。田圃の中に、農家が点在している。声をかけると、留守番をしていた婆さんが現れた。動ける者は、田に出ているようだ。害虫に気をつけなくてはならない時季だ。

「酒なんて、うちじゃあ拵えていません」

どうでもいいといった口ぶりだった。

「このあたりで、拵えている者はいないか」

「それならば、何人かいますよ」

わずかに首を傾げてから、五軒の名と住まいを教えてよこした。早速向かった。

声をかけても、返答のない家があった。子どももしかいないところもあった。

「百姓の家とは、そういうものだ」

気抜けした顔の橋本に、杉尾は言った。田仕事は、一日一日が勝負だ。手を抜けば虫が湧き、雑草が生える。

親父や女房がいる田圃を聞いて、そこへ出向いた。被った菅笠《すげがさ》が日を跳ね返すから、捜すのには手間がかからなかった。

畦道《あぜみち》に入って声をかけた。初めは侍が何しに来たのかといった驚きを顔に見せたが、杉尾は丁寧に問いかけた。

「ああ酒ですか、造っていますよ。おれらが飲む分だけですが」

どぶろくだ。

「銭を払うゆえ、分けてはもらえぬか」

「そんなことをしたら、楽しみがなくなっちまう」

嫌な顔をした。酒好きなのだろう。

「いかにもそうであろうが、何とかならぬか」

杉尾も酒を飲むから、気持ちが分からないわけではない。上からの口ぶりにはなっていなかった。

「なりませんね。そもそも売るほどなんか、ねえんですから」

話にならなかった。百姓は、一時止めた手を動かし始めた。仕方がないので、次の百姓に声をかけた。

「造りましたがね、もうありませんよ」

「飲んでしまったのか」

がっかりした。

「そうじゃあねえ。商人が買いに来たんですよ」

「売ったのか」

「そういうことで」

商人が来たのは、一月《ひとつき》ほども前だそうな。五升ほどあったとか。

「楽しみがなくなったな」

「そりゃあそうですがね、いい銭になりましたよ」

問屋が廻っていることは、弐瓶屋の主人から聞いていたので驚かない。やはりという程度だった。

「いくらで売ったのか」

これは確かめておかなくてはならない。

「一升が、五十五文でしたね」

「そうか」

杉尾と橋本は、顔を見合わせた。いい銭になったと告げられたので、その値は意外だった。

予想より安いが、考えてみれば一月ほども前である。廻ってきた商人に、先を見る目があったという話だ。

五軒すべてを廻ったが、四軒は問屋に売ってしまっていた。訊くと売値は、ほぼ同じくらいだ。一軒は、手放す気はまったくなかった。

「二、三合ならば」

と言った百姓もいたが、その量ではどうにもならない。せめて一升は欲しいところだった。

「味見ができぬか」

江戸の町で売る値で、一合だけ買った。

「うむ」

二人で味見をしたが、どぶろくとして飲めない品ではなかった。毎年拵えているのだそうな。

「なるほど、仕入れるのも難しいですね」

橋本が呟いた。

続いて中川を東に渡って、逆井《さかさい》村へ入った。ここも田圃が広がっている。田の道を歩いていて出会った農婦に、酒を拵えている百姓の家を聞いて訪ねた。

「へえ。江戸の酒問屋の人が来ましたよ」

訪ねる家々でそう答えられた。このあたりは、すでに何軒もの問屋や小売りが廻っているらしかった。一度断ったが、半月後に再び来て買い上げていったところもあった。

「前よりも、だいぶ高くなったので」

これまでにも売ったことがある者だ。

「いくらか」

「六十二文で」

「ほう」

半月で、一升につき七文値上がりしたことになる。値動きする様子が見えるようだ。

「どれほど売ったのか」

「酒好きの縁者や知り合いにも分けましたんでね、残っていたのは四斗樽二つほどでした」

手取りが五百六十文増えたことになる。一両のほぼ七分の一だ。この額は、現金収入の少ない百姓には大きいはずだった。

「他にも、その値で売った者がいます」

「ではこのあたりでは、あらかた買われてしまったわけだな」

「そうだと思います」

となるとこれ以上歩いても、無駄らしかった。

「商人は、他にも来ました。一升を六十五文で買うと言ったのがいたが、もう残っていなかったからねえ」

悔しそうな顔で言った。つい十日ほど前だそうな。

そもそも酒は、勝手には造れない。しかし自家用の酒ならば、領主からお目こぼしされた。ただそれを売るとなれば、話は違う。とはいえ、四斗樽の一つや二つでは、問題にならないのだろう。

「この辺の村では、もうどこにもないということで、その商人は、江戸川や利根川のあたりまで行くような話をしていました」

百姓は、半ば呆れた面持《おもも》ちで言った。そんな話は、初めて聞いたとか。

「なるほど、この値上がりを逃さないわけだな」

「したたかですね、商人は」

杉尾と橋本は、感心した。

「我らも、参りましょうか」

橋本は、このまま引くつもりはないらしい。

「うむ。殿に申し上げてみよう」

杉尾にしても、同じ気持ちだった。

四

正紀は、屋敷へ戻ってきた杉尾と橋本から、近郊の村の様子を聞いた。佐名木や井尻、青山も同席していた。

「儲けを逃さぬようにするのは、商人として当然だ。店を守り広げるために、命を懸けているわけだからな」

話を聞いた正紀は返した。

「そこでそれがしども、利根川沿いの村へ出てみたく存じます」

杉尾が言った。話を聞いている途中から、そう言ってくるだろうと感じていた。青山は、すでに話を聞いているようだ。

「近場は江戸の問屋が当たっていますが、離れれば探し切れてはいないでしょう」

「うむ」

「どぶろくは、村のどこかに眠っているのではないでしょうか」

橋本の推察は、間違っていないだろう。

「しかしな、仕入れ値を考えねばなるまい」

いくらでもいいというわけにはいかない。やって見合う値だ。

「はい。ただ葛飾郡よりも、安く仕入れられるかと存じます」

二人は、何としてもやってみたいという顔だ。

「そうであればよいが」

「行くとしても、値を考えておかなくてはなりませぬな」

青山が言った。肝心なところだ。

買い入れた酒は、高岡河岸の納屋に集める。まとまったところで、江戸へ運ぶ。弐瓶屋は、どぶろく一升が百三十五文までならば仕入れると話していた。

「輸送の費《つい》えだが、それは濱口屋《はまぐち》に頼むとしよう」

濱口屋は、利根川流域の河岸場と江戸を繋ぐ廻船問屋である。定信が出した囲米の触のときに、正紀は主人の幸右衛門《こうえもん》に力を貸した。それ以来の縁で、昵懇《じっこん》の間柄だった。

「四斗樽二十で一両の費えならば、一升につき五文となります」

井尻が算盤《そろばん》を弾いた。その値ならば、濱口屋は受け入れると思われた。

「となると一升につき買い入れる値の上限は、九十五文あたりでしょうな」

佐名木が言った。

「一升当たり、最大で三十五文の利を見込んでいるわけだな」

「それよりも少なくなるかと存じますが」

正紀の言葉に井尻が返した。井尻は、何でも厳しめに考える。

「いけるかと存じます。ただどれほどの量を集められるか、そこだと存じます」

佐名木が続けた。廻る場所も問題だ。

「まずは高岡領内で始めるのがよかろう」

正紀は答えた。三月まで郷方だった杉尾は、馴染みの者も多かった。高岡藩でも、酒造りは勝手にしてはいけないことになっている。しかし自家用の酒については、問題にしていなかった。

「ただ天領や『造酒額厳守』の触を固く守る藩の村は、関わってはならぬ」

これは念を押した。定信の触が出る以上、面倒なことになってはならない。

翌早朝、杉尾は橋本と共に、濱口屋の船に乗って江戸を発った。二人にとっては、慣れた道筋だ。

関宿《せきやど》経由で、高岡河岸に着いたのは、七月五日のそろそろ夕暮れどきになろうかという刻限だった。

「おお。お役目ご苦労様で」

気づいた村の者が出迎えた。高岡領内に入ると、ほっとした気持ちになる。目に馴染んだ田の道や人家があった。

「稲の育ち具合はどうか」

「まずまずでございます」

何よりもそれが気になる。田を渡る風が、江戸近郊のものとは違うように感じた。

二人は高岡藩の陣屋へ入り、国家老の河島一郎太《かわしまいちろうた》に会った。

国許へ戻った事情を記した正紀からの文を手渡し、杉尾が詳細を伝えた。文には、急に金子が必要ならば、藩庫の金子を一時立て替えるようにという指図《さしず》も書かれていた。

「助勢が要る場合には、遠慮なく申せ」

河島が言った。文の内容に、得心している様子だった。

そのあとすぐに、杉尾と橋本は小浮《こぶけ》村の名主彦左衛門《ひこざえもん》の屋敷を訪ねた。

「わざわざ江戸からお越しで」

客間に通されると、香りのよい茶が運ばれた。

跡取りの申彦《さるひこ》も交えて話をした。正紀は、この父子《おやこ》とは井上家に婿入りする前からの知り合いだった。利根川の護岸工事について、申彦が江戸へ請願に出てきたときに正紀と知り合った。その話は杉尾も聞いている。

「お陰様で、高岡河岸も賑わってきております」

藩が潤うだけでなく、百姓たちにも日銭が入るようになった。荷船が入るたびに、百姓たちは駄賃を得て荷運びをした。女房は、船頭や水主《かこ》たちに握り飯や饅頭《まんじゅう》を売った。

日銭を得る機会のなかった百姓たちは、それで助かった。

農閑期、村から出稼ぎに出る者が少なくなった。彦左衛門と申彦の父子だけでなく、村の者は皆好意的だ。

訪ねた要点を、杉尾が話した。

「ほう。酒でございますか」

高岡の領民にしてみれば、正紀の施策は思いがけないものが多かったから、今回も驚いた様子はなかった。ただ渋い顔はした。

「正紀様のお指図ですから、できるだけのことはいたしますが、どこまで集まりますやら」

彦左衛門は浮かない顔で言った。酒は飲みたいから、米を都合して拵えている。

「出したくないのが、本音でございましょう」

「それは分かるが」

「売って家計の足しにしている者もいますが、それは言い出しにくいでしょう」

自家用以外で拵えては、領主から咎《とが》められる。

「いや。それについては、不問といたす」

杉尾は初めに伝えた。ともあれ夕方に、田仕事を終えた小前《こまえ》の百姓を集めて、買い入れの話をした。出さねばならぬという言い方はしない。

「毎晩、ちびりちびりやるのが楽しみだからねえ」

「まったくだ。夜の楽しみがなくなる」

酒好きの者たちは、その言葉に頷く。ほとんどの者は、売ることを頭に入れて拵えたわけではなかった。露骨に迷惑そうな顔をする者もいた。

「でもなあ。それは正紀様の思し召しなんですね」

と困惑顔で口にした者がいた。

「そうだ」

杉尾は頷いた。ただ無理《むり》強《じ》いはするなと告げられていた。

「とはいえ、あくまでもその方《ほう》らの気持ちだ」

と言い足した。

「とはいってもなあ」

「ああ、正紀様がおっしゃったとなると、知らんぷりはできねえ」

正紀への信頼の厚さを、杉尾は実感した。渋る者もいるが、結果としては、村の者は出すことに同意をした。

「でもよ、できるだけ高く買い上げてもらいてえ」

誰もが望むところだ。

「江戸の商人が、買いに来た」

と告げた者がいた。

「そういえば、余所者《よそもの》がやって来たっけ」

「いくらで買うと言ったのか」

杉尾が尋ねた。聞いておかなくてはならない。

「一升が四十文だった」

江戸近郊よりは、安く抑えている。輸送の費えが含まれるとはいえ、例年よりも高値なのは間違いなかった。

迷ったが、相手は得体の知れない江戸者だった。

「ならば、六十文で引き取ろう」

杉尾は答えた。正紀には、百姓から喜びを奪うのだから買い叩くなと念押しされている。

「それならば、よかろうよ」

「さすがは正紀様だ」

村の者は納得したらしかった。

五

翌朝、彦左衛門の屋敷の庭に古い四斗樽が十ほど置かれた。杉尾は一升と五合、一合の枡《ます》を用意していた。枡は橋本が陣屋から運んだ。

「樽はこんなにいるでしょうか」

見ていた百姓の一人が言った。集めてきたのは申彦だ。

「どれくらい入用か、集めてみなくては分かるまい」

橋本は答えた。ひと樽でも多く満杯にしたい。

「おお、来たぞ」

中年の百姓が、一斗樽を抱えてやって来た。

「おれんところは、こんなもんで」

樽の蓋を開けると、半分近く入っていた。

「いや、充分だ」

杉尾が枡で量をはかりながら、四斗樽に移してゆく。橋本は、百姓の名と量を綴《つづ》りに記していった。

「よしよし。次々に来るぞ」

村人が、大きさの違う樽や徳利、土瓶《どびん》などに入れた酒を持ち寄った。杉尾は機嫌よく、量をはかった。

「全部混ぜるんですね。家によって、味や出来が違うんじゃねえですか」

と言う者がいた。

「そりゃあそうだが、江戸までまとめて運ぶ。そこは仕方がねえだろう」

「混ざって、絶妙な味になるんじゃねえか」

周りにいた者が応じて、皆で笑った。どぶろくのにおいが、鼻を衝《つ》いてくる。

「一杯くらい、飲んでもいいんじゃねえか」

と舌なめずりをした者がいた。五つ目の四斗樽が、すぐに満杯になった。満杯になったら蓋をする。

二斗三斗と持ち込む者もいた。

「おめえ、ずいぶん拵えたんだな」

「何を言いやがる、おめえだって」

「まあ、一年分だからな」

まだある様子だった。もちろん少量の者もいたし、まったく拵えなかった者もいた。ただやって来た者は、すぐには引き取らず酒が集まる様子を見ていた。

「もっとあったんだが、飲んじまった」

とぼやく者もいた。

「あんなにあるならば、浴びるほど飲んでみてえ」

と漏らした者もいた。

藩の勘定方も来ていて、量に合わせて銭を与えた。

「ありがてえ」

銭を受け取って、ほとんどの者は顔をほころばせた。酒が飲めなくなるのは惜しいが、銭が手に入るのは嬉しいのだ。

祭りや祝い事のために取っておきたい者には、無理に出せとは言わない。

やって来る者が途切れたところで、橋本のもとへ中彦がやって来た。

「この様子を、見ている者がいます」

「ほう」

橋本は、さりげなく告げられた方向に目をやった。三十代半ばの商人ふうと四十歳前後の浪人者ふうだった。どちらも旅姿だ。何かをするわけではなく、出入りする者に声をかけるわけでもなかった。

ただ見ているだけだが、探っているのは間違いない。昨日、江戸の商人が来たと告げた百姓を呼んだ。

「酒を買いに来たのは、あの者たちか」

「そうです」

目をやった百姓は答えた。

「どこの何という店の者か、名乗ったであろう」

「ええと、田原屋《たはら》とか言っていた気がしますが」

場所や商人ふうの名までは、覚えていなかった。

「酒を集める様子を、検めに来たわけだな」

酒を抱えた新たな百姓が現れて、杉尾と橋本は作業を続ける。手が空いて気がつくと、商人と浪人者ふうはいなくなっていた。

一刻（二時間）ほどで、七つ目の四斗樽がもう少しでいっぱいになるといった程度集まった。

杉尾が言った。

「一村でこれだけになれば、上出来だ」

「正紀様の思し召しということですから、村の者も無理をしたのでしょう」

彦左衛門が返した。やはり正紀への信頼は厚かった。入り婿でも余所者とは見ていない。銭になって喜ぶ者は少なくなかった。

「来年も、こんなふうに買ってもらえるんですかね」

と尋ねてきた者がいた。売れるならば、もっと拵えようという腹らしい。

「いや、今年だけだ。米の出来次第では、酒の値は下がるぞ」

橋本が応じると、その百姓はがっかりした様子になった。

小浮村以外の下総香取《かとり》郡高岡藩領内の十名の村名主へは、昨夕のうちに今日の昼過ぎに陣屋へ集まるように伝えていた。高岡藩の領地は、下総香取郡の他に相馬《そうま》郡や上総市原郡《かずさいちはら》などにも散らばっている。合わせて一万石だ。

「領内すべての村から集めれば、百樽近くまでいきそうですな」

橋本は気持ちが昂《たかぶ》った。小浮村で得られた酒の量が、予想よりもだいぶ多かった。

領地の中には、小浮村よりも大きな村がある。すべての村から、酒を集めるつもりだった。

この日に集まった酒を納屋に納めてから橋本が杉尾と共に陣屋へ戻ると、正紀から文が届いていた。定信が、正式に『造酒額厳守』の触を出したことを伝えてきたのである。

「おお、ついに出ましたね」

「これで酒の値上がりに拍車がかかるかと」

橋本と杉尾は、よい知らせとして聞いた。

領地が接する淀藩《よどはん》は、今のところ同様の触を出していなかった。淀藩は、親定信派ではない。

「買い入れてもよいわけですな」

「そうだが、様子を見よう」

河島が念押しをした。

村の近くには天領もある。村人同士の付き合いはあって親戚もいる。売りたいという者も現れたが断った。

六

昼過ぎになって、各村の名主や百姓代など二十名ほどの者が陣屋に集まった。酒にまつわる話なのは、すでに伝えられている。今日の朝のうちに、自家用の酒が買い取られたこともすでに耳にしていた。集まった者たちが、その話をしていた。

「小浮村では、ずいぶん集まったようですな」

橋本に問いかけてきた百姓代がいた。

一同の前に杉尾が立つと、話し声が止まった。

「各家で拵えた酒を、一升六十文で買う」

まずはそう伝えた。河島も同席している。正紀と藩の意向であることは、それで伝わるはずだった。

「悪い値ではありませんな」

何人かの名主が頷いた。

「小浮村の話を聞いて、自分もと口にする者がいましたぞ」

やはり銭は欲しいから、歓迎する雰囲気だ。すべて出せとは言っていない。出せる量でいいという話だ。

しかし得心がいかない顔をする者もいた。野馬込《のまごめ》村の名主で、他にも何人かいた。

「酒を買いに来た商人がいました」

どうやら、小浮村に来ていた商人と浪人者のことらしい。小浮村では酒を集める様子を見ていただけだが、他の村では買おうとしたようだ。田原屋を名乗る者である。

「売ってしまったのか」

「いや、そうではないのですが」

言いにくそうにしてから、野馬込村の名主は口を開いた。

「その店では、一升を七十文で買うと言いました」

「ほう」

なかなかの高値で驚いた。

「それで売ろうとする者もありましたが、村ではとにかく杉尾様の話を聞いた上で決めることになりました」

せめて同じ値にしてくれたら、藩に売るという申し出だった。

「江戸の商人は、いつ来たのか」

念のため尋ねた。

「今日の昼四つ（午前十時）頃です」

野馬込村で話を聞いた百姓は、商人が江戸は深川一色町《ふかがわいっしきちょう》の田原屋から来たと覚えていた。番頭の紀助《きすけ》という者だとか。

「小浮村での値を知った上で、上乗せをしたわけだな」

とすぐに分かった。小浮村での様子を見て、その足で野馬込村へ行ったのだと察せられた。早い動きだ。

「したたかなやつだ」

橋本が呟いた。

「いかがでしょうか」

名主は、懇願《こんがん》する口調になった。正紀の意向でもある売買だから、名主としては高岡藩に売りたい。しかし高い方へという百姓たちの気持ちも、無下にはできないと考えているらしかった。

「そうだな」

杉尾と橋本は、河島を交えて話し合った。

「正紀様のご意向もある。一升を、七十文としよう」

河島の判断だ。

「はい。しかし小浮村の分はどういたしますか」

肝心なところだ。そのままにしては、不満が残るだろう。

「差額を渡せばよい」

「正紀様ならば、そうなさるでしょう」

河島の言葉に、橋本は返した。

「しかし田原屋がさらに値を上げてきたらいかがいたしましょうか」

杉尾の疑問だ。商人らは、他の村へも行くだろう。今ならば、八十文以上でも買うかもしれない。

「九十五文までは、上げてよかろう」

それで話が決まった。その旨を、名主たちに伝えた。

「ありがとうございます」

これで不満の声は出なくなった。この件については、小浮村にも伝えた。

翌日昼四つ頃、村ごとに集められたどぶろくが、陣屋へ運ばれてきた。一人一人ではなく、村ごとにまとめられていた。

ここでも杉尾が枡で量をはかり、橋本が記録した。おおむね四斗樽に入れて、荷車で運ばれてきた。

ここでも銭は、藩の勘定方が綴りに記載された量にしたがって支払った。

「今朝、出てくる前に、田原屋がやって来ました」

野馬込村の名主が、杉尾に告げた。

「何を言ってきたのか」

「一升を七十五文にすると」

「それでどうした」

「売らないと返したら、八十文と言ってきました」

「おのれっ」

橋本が怒りの声を上げた。こちらが値を上げたことを聞いての動きだ。いかにもあからさまだった。

「しかしもう、何を言われても聞きません」

名主は続けた。酒は河岸場の納屋へ運ばれた。

「みるみる増えるな」

様子を見に来た藩士が、声を上げた。

「他所《よそ》の村の酒が混じってもよろしいか」

と言う高岡藩領青山《あおやま》村の百姓も現れた。

「淀藩領の七沢《ななさわ》村の親類に頼まれまして」

「天領の村でなければかまうまい」

淀藩は、今日になっても触を出していない。

夕暮れどきになる前に、十の村すべてから酒が運ばれた。合わせて四斗樽が八十四になった。

「小浮村のを合わせると、九十一樽ですね」

橋本は、高岡まで来た甲斐《かい》があったと考えて満足だった。

杉尾はこのことを文に記して、この日のうちに江戸の正紀に送った。江戸深川の田原屋が絡んできたことにも触れた。明日は藩の飛び地の村へ行く。

「もっと、買い集めてやる」

精根を尽くすのが、自分を認めてくれた正紀への橋本の気持ちだった。

七

沓澤伊左衛門《くつざわいざえもん》は、桑原主計《くわはらかずえ》を伴って、楓川《もみじがわ》河岸の松平定信の屋敷に赴いた。定信が登城をしない日を選んでの訪問だった。

沓澤は役高二千石の新御番頭《しんごばんがしら》を務める、白河藩に連なる四十代半ばの歳の旗本だ。桑原は三十七歳で陸奥国《むつ》泉藩《いずみはん》二万石の本多家の側用人《そばようにん》を務めていた。沓澤は縁筋の松平定信の思惑を忖度《そんたく》し、桑原は主君である本多忠籌の政《まつりごと》のためによかれと考えて、これまで動いてきた。

将軍実弟の徳川亀之助が高岡藩邸に匿《かくま》われた折には、父親である御三卿《ごさんきょう》一橋徳川家当主治済の思惑を挫《くじ》くために、亀之助を亡き者にすべく動いた。しかし正紀の手によってしくじり、それぞれ家臣を失った上に、定信と本多に敵対する尾張が前田と接近する結果を招いてしまった。

二人が尾張に敵対するのは、尾張一門が勢力を伸ばすのを妨《さまた》げることで、定信と本多に気に入られ、己の出世を目指すからに他ならない。

白河藩上屋敷の重厚な長屋門の前には、少なくない人が集まっていた。武家だけでなく、町人も交じっていた。

沓澤と桑原は門内の人をかき分けて駕籠《かご》ごと中に入り、屋敷の玄関前に出た。ここで駕籠から降りた。訪問の許諾は受けていた。

「目障りなやつらだ」

沓澤は門内や門前にいる者たちに目を向けて、胸の内で呟いた。

姿を見せているのは、わずかな伝手《つて》を頼りに、よりよいお役に就こうとする御家人や小旗本、屋敷に御用達として出入りができるようになりたい商人たちである。いずれも、寄進の品を抱えていた。

ときの老中首座に、気に入られようとの思惑があってのことだ。

「愚か者どもめ」

沓澤は嘲笑《あざわら》った。公儀の役職は限られている。空席ができることは少ない。無役の小旗本や御家人は、役を得るために汲々《きゅうきゅう》としていた。

「うぬらすべての者に、回るわけがない」

呟きが漏れた。定信は非情な男で、己に役に立つ者しか取り立てない。それはよく分かっていた。だからこそ、役に立とうと振る舞ってきたのである。

貧乏御家人が用意する粗末な進物など、定信にとっては取るに足らないものだ。品を受け取ったとしても、それでどうするわけでもなかった。相手にはしない。

「わしはそういう輩《やから》とは違うぞ」

という気持ちは強かった。徳川亀之助の件では、腹心の家臣を失った。高岡藩には激しい怒りと恨みがある。それは反定信派の旗頭《はたがしら》である尾張一門の思惑を潰そうとする内なる力になっていた。

だから正紀や高岡藩の動きについては、常に探りを入れていた。亀之助のことではしくじったが、次こそは高岡藩の正紀に仕返しをしてやるという気持ちだった。正紀に汚点をつけることができれば、それは尾張の勢いを妨げる力になる。定信に認められる。

桑原にしても本多に重宝がられるという利があった。

ただそれだけではない。屋敷に顔を出しておくことは重要だ。政局は動きやすい。常に網を張っておかなくてはならない。それで今日も、桑原と示し合わせてやって来た。

「高岡藩の動きに、変わったことはござらぬか」

桑原が訊いてきた。沓澤は、家臣の小野瀬《おのせ》丙之進《へいのしん》に、折々高岡藩邸を探りに行かせていた。

小野瀬の父平内《へいない》は、亀之助の一件で命を失っている。丙之進はまだ十六歳だが、正紀と高岡藩には、深い恨みと憎しみを持っていた。

「廻漕河岸場方の杉尾と橋本が、高岡へ下ったようでござる」

小野瀬が、高岡藩の中間《ちゅうげん》から聞き出した。

「何を企んでいるのでござろうか」

「いずれ、金儲けをしようとの腹であろうが」

揶揄《やゆ》する口調になったのが、自分でも分かった。金儲けなど武家らしくないという気持ちは、初めからあった。

「あやつらしいですな」

「まことに」

「動きを、探ってみまするか」

桑原が返した。家臣の塚田三之助《つかださんのすけ》にも、高岡藩上屋敷を探らせるという話だ。三之助は、小野瀬平内と共に命を失った塚田久蔵《きゅうぞう》の弟だ。二十二歳の三之助も、正紀と高岡藩を憎んでいる。

二人が訪《おとな》いを告げると、白河藩の家臣が出てきた。

「殿はご来客中ゆえ、しばしお待ちいただきたい」

と告げられて、控えの間に通された。こういうことは珍しくない。白河藩邸で待たされるのには慣れていた。

ちょうどそのとき、定信のもとへ伊予大洲藩六万石加藤家の江戸家老竹垣治部右衛門《たけがきじぶえもん》と大洲藩分家の伊予新谷藩一万石藩主の加藤泰賢が訪ねて来ていた。事前に訪問の約束をした上でのことだ。

西国の外様大名が訪ねて来るのは珍しい。

大洲藩は外様とはいえ、定信との関係はよかった。現大洲藩主加藤泰済は幼少だが、定信の娘と婚姻の話が出ていた。

竹垣の訪問ならば、これまでにも何度かあった。ただ新谷藩の加藤泰賢が一緒というのは、意外だった。

「何事か」

常ならば、定信は適当にあしらう。たとえ大名であっても、多忙を理由に面談を断ることなど珍しくもない。気に入らないならば、訪ねて来なければいいという考えだ。

「お考えいただきたき儀がこれあり、参上いたしました」

対面すると、まず竹垣が口を開いた。加藤家では、分家新谷藩の国替えを願い出てきたのである。今の領地よりも江戸に近かったり肥沃《ひよく》な土地への国替えを求めてきたりする大名は、少なからずあった。

「何ゆえか」

「本家も分家も天明の飢饉《ききん》以来天災なども重なって、藩財政は逼迫の度合いを増してございます」

それはどこも同じだが、最後まで話を聞く。

「これまで本家は分家を支えてまいりましたが、もう支えきれぬところまでまいりました。そこで分家新谷藩について、江戸に近く、年貢米だけでない収入が得られる土地に国替えができればと願っております る」

伊予からの参勤交代は、一万石の所帯では厳しいに違いない。江戸に近くというのはそれが頭にあるからだろう。

「虫のいい話だ」

年貢以外に実入りのある土地など、いくつもあるわけではない。申し出を聞いた定信はそう思った。

縁談が進んでいる大洲藩が相手でなければ、話だけ聞いて「考えておく」と口約束で終わらせるところだ。

けれども定信は、本気で考えた。高岡藩井上家のことが、頭にあったからだ。大洲藩のことだけではない。

「尾張一門とはいえ、しょせん一万石の小大名ではないか」

歯牙《しが》にもかけないつもりだった。ところがその入り婿が、徳川亀之助を使って一橋家の治済を動かし、阻止しようとしていた尾張と前田を結びつける役割を果たした。

驚いた。敵にして、そのままにしておいてよい者ではないと考えた。曲者《くせもの》だ。しかも尾張宗睦の甥だというのも気に入らない。

このままにしておいては、後の大きな憂《うれ》いとなる。

「今のうちに、潰しておかねばなるまい」

一度でも恨みを持った相手のことを、定信は忘れない。その折も折に、飛び込んできた国替えの願いだった。

「高岡藩井上家を、伊予にやってしまうか」

それができれば胸がすく。下総と比べれば、とてつもない遠方だ。

何よりも、軌道に乗りつつある高岡河岸を奪い取れる。高岡河岸の繁栄については、すでに耳にしていた。今のところでは取手《とりで》河岸にかなわないが、いずれは近づくのではないかと見ていた。

また伊予からの参勤交代は、高岡からの移動とは比べ物にならないほどの費用がかかる。高岡藩にとっては大きな負担になる。家中の引っ越しの費用も、耐えがたい額になるだろう。

おまけに遠方の領地となれば、尾張一門としての動きも、これまでのようにはできなくなる。気質の知れない領民を支配するのも骨の折れることだ。土地には土地の習わしなどもある。

「妙案ではないか」

意趣返しができる。ただ下総高岡から伊予新谷への移封《いほう》は、誰が見ても左遷《させん》と映る。無闇《むやみ》にそこまでやると、尾張の宗睦が黙っていない。また僻地《へきち》へ国替えをする、明確な理由もなかった。己の足元を揺るがしてまですることではない。ただ高岡藩に非があれば別だ。小さなことでも、そこを探せばいい。

容易くはできない。

さらに考えたのは、前田家も絡めることだった。

「前田家にも、一泡吹かせてやらねばなるまい」

ただすぐに事を運べるものではなかった。

「考えておく」

口約束ではない。定信は本心でそう返した。

ただもっと困らせることができるならば、その方がはるかにいい。高岡藩にしくじりをさせ、数石の減封《げんぽう》にしてやる手もある。高岡藩は大名ではなくなり、宗睦は慌てるだろう。

「胸がすくに違いない」

考えていると、いく分気持ちが晴れた。

第二章　減封の処置

一

高岡陣屋の杉尾から、正紀のもとへ文が届いた。一升が七十文で、四斗樽が九十一集まった報告だ。御座所にいた佐名木や井尻、青山にも読ませた。源之助や植村も同席していた。

「思ったよりも多いぞ」

「何よりでございますな」

正紀の言葉に、井尻が顔をほころばせて返した。分かりやすい男だ。

藩出入りの酒問屋弐瓶屋とは、一升を百三十五文で売買する約定《やくじょう》を交わしている。

それがこの数日では、どぶろくの値は上がる一方だった。杉尾らが江戸を出た折のどぶろくの値は、一升百四十七文である。それが今では、百五十四文にまでなった。

思惑通りの値動きをしていた。上げ止まる気配はない。弐瓶屋の酒扱いの商人としての目は、確かだった。

「まだ上がる様相で、売り惜しみをする店も出てきました」

青山が言った。ここのところ青山は、毎日のように酒の値を検めに屋敷を出ていた。

「しかし江戸から高岡まで、酒を求めて足を延ばした商人がいたのは、驚きですな」

佐名木の言葉に、一同が頷いた。

「ただ密かに拵《こしら》えた酒は、余所者には売らぬのではなかろうか」

それも値次第だとは思いながら、正紀は口にした。

「いかにも。しかし自家用に拵えていた酒が高値で売れるとなれば、気持ちは揺れるかと存じます」

「そうだな。田原屋がもっと出していたら、売った者がいたかもしれぬぞ」

井尻の意見に正紀が返した。

「杉尾殿らは、藩の飛び地にも足を延ばすとありましたが、そこにも田原屋は現れるのでしょうか」

源之助は、気になるようだ。

「次は、さらなる高値を告げるやもしれませぬ」

と続けた。

「仕入れられるとなれば、黙ってはいないであろう」

佐名木の言葉だ。一同は頷いた。商人としては、当然の動きだろう。

「領内だけでなく、売りたいという者が他から現れたのは意外です」

と植村。淀藩領内の村の百姓が、売りたいと申し出たことを言っていた。

「そうなれば、働きかけによっては、さらに二、三百樽は集められそうですな」

井尻が算盤を弾いた。

「田原屋が、どのような動きをするか。それにもよるであろうが」

青山は慎重だ。

「されば田原屋が、どのような商いをしている店か、探ってみまする」

源之助が言うと、植村も頷いた。


その後源之助は、植村を伴って深川一色町へ向かった。

大川《おおかわ》東河岸の道を歩いて、油堀《あぶらぼり》に入る。空には鰯雲《いわしぐも》が浮いていて、もう数日前のような耐え難い暑さはなくなっていた。

「こうなると、だいぶ助かりまする」

巨漢の植村は暑がりで汗かきだ。

南河岸には油問屋会所があって、油荷船の運航が多い。さらに各種の品を扱う問屋が並んでいる。深川は、全国からの物資の集散所としての役割を果たしていた。

河岸の道を歩いていると、油荷はもちろんあらゆる荷を積んだ舟が通るので、艪《ろ》の音が絶え間なく聞こえてきた。

田原屋は油堀の南河岸で、間口五間（約九メートル）の地廻り酒を扱う問屋だった。人の出入りは多い。小僧たちの威勢もよかった。

船着場で煙草《たばこ》を吸っていた老船頭に、源之助は問いかけた。

「下り酒は扱っていませんね。それでも繁盛しているようで」

老船頭は、鼻から煙を出しながら言った。

「田原屋の荷を運んだことがあるのか」

「ありますよ。江戸川や利根川流域の酒造から酒を仕入れて、小売りや居酒屋へ卸《おろ》しています」

老船頭は、その荷を運んでいるのだとか。

「酒の値は上がっていると聞くが、田原屋では扱い量は減ってはおらぬのか」

「あまり減っちゃあいやせんね。まあこの頃は、清酒よりもどぶろくの方が多くなりやしたが」

「高くなった清酒には、手が出にくくなったわけだな」

「裏長屋の者は、濁った酒だろうと何だろうとどうでもいい。安くて酔えれば、それでいいんですから」

船頭は笑った。おれも毎晩飲むと付け足した。

「なるほど。田原屋の商いは、安定しているわけだな」

取り立てての大店ではないが、四代目の主人三郎兵衛《さぶろべえ》は三十九歳で、町の旦那衆の一人として幅を利かせているらしい。富岡八幡宮《とみがおかはちまんぐう》の祭礼の折には、他の店に劣らない寄進をするとか。

「番頭の紀助さんは、よく仕入れに遠方へ出かけていますよ」

商いの様子について訊くと、そんな返事があった。紀助は、四十前後の浪人宇宿原《うすきばら》陣伍《じんご》という用心棒を連れて旅に出るとか。

「今も仕入れに、遠方へ出かけているんじゃねえですか」

値上がりの機を逃さない。熱心ということか。

さらに木戸番小屋の番人と並びにある繰綿《くりわた》問屋の手代にも問いかけた。おおむね老船頭と同じような返答だった。

「近所の者には、調子よくやっているのでしょうね」

植村が言った。これでは、田原屋の本当の姿は分からない。そこで隣町の煮売り酒屋へも行って話を聞いた。

「あそこは、在庫が豊富です。値は割高ですけどね」

中年の女房が、源之助の問いかけに答えた。煮付けの醤油《しょうゆ》のにおいが、店の中に漂っている。

「仕入れがきちんとできているということか」

「まあそうでしょうね」

近頃はどこの店でも、品不足で商いが滞《とどこお》ることがままある。けれども田原屋には、それがないという。

「うちじゃあ、今もっぱら出るのはどぶろくですけどね」

それが一番安いからだが、それでも一月《ひとつき》前の地廻りの清酒よりも高くなっているとか。

「在庫を切らさないでいられるのは、仕入れをする番頭紀助が、やり手ということだな」

「まあ強引なのかもしれませんが」

なかなか押しは強いようだ。とはいえ値は高くても、品が揃っている。量もあるから、小売りは仕方がなく高値でも仕入れているらしかった。

「用心棒を雇っているのだな」

宇宿原陣伍という浪人者についても訊いた。

「ええ、なかなかの遣い手だそうですよ」

「前に破落戸《ごろつき》が現れて、暴れでもしたのか」

「前にそんなことがあったと話は聞いたことがありますけど。おおむね遠方へ仕入れに行くときに連れてゆくようです」

「旅は物騒というわけか」

「仕入れる相手に、四の五の言わせないようにしているんじゃないですかね」

強引ということに繋がるのかもしれない。支払いの取り立てのときにも、用心棒はついて来るとか。

「支払いの遅れは、許されないわけだな」

「そりゃあそうですよ」

田原屋の評判は、必ずしもよいわけではなかった。ただ不法なことをしているのとは違う。

「酒の値が上がっている。この機を逃すまいとしているのでしょう」

「打てる手は、打っているわけですね」

煮売り酒屋を出たところで、源之助と植村は話をした。もう一軒、田原屋から酒を仕入れているという居酒屋へも行って話を聞いた。

「あそこはいつでも在庫がありますからね」

他よりも高値をつけられても、仕入れるしかない。

「居酒屋に酒がなければ、話になりません」

耳にしたのは、おおむね同じような話だった。

商人としては、非難される話ではない。今日は二度目だった。聞き込みをしている源之助は、ふと誰かに見張られている気がした。大川河岸を歩いていたときにも、わずかに感じた。

それとなく周囲を見回したが、不審な者の姿は見当たらなかった。

「何者かにつけられているような気がしませんか」

「いや、それはござらぬが」

植村は、何も感じないと言った。

二

同じ日の朝、杉尾は橋本と共に、相馬郡内で高岡藩が領地とする村の一つ椚木《くぬぎ》村の名主屋敷にいた。ときが惜しいので、陸路は徒歩ではなく馬で移動した。

「もう、お見えにならないのかと思いましたよ」

郷方ではなくなった杉尾に、名主は恨めし気に言った。

「いやいや、そんなことはないぞ」

役目は変わっても、村を忘れることはないと伝えた。稲の生育をよくするために工夫をし合い、水の悶着《もんちゃく》が起きたときには仲裁に加わった。

村は長閑《のどか》で、平穏なわけではない。

杉尾は郷方のときから、各名主とは良好な関係を築いていた。相馬郡内には高岡藩の、領地十一村があった。昨日は、そこの名主らを当たって、各家に眠っている酒を買い入れる話をしたのである。

「酒の話は、聞きました」

情報が伝わるのは早い。

「どぶろく一升が七十文なら、売りたいと言う者がいます」

「それはありがたい」

相馬郡内の領地には、正紀は来ていないので、名主は会ったことがない。しかし四公六民から五公五民となった年貢を正紀がすぐに元に戻したことがあったため、それをありがたいと思っている百姓たちは、会ったことはなくても、正紀を慕《した》う気持ちがあるようだった。

杉尾も、無茶な要求をしたことはなかった。

「お達者のようで」

改めて屋敷に集まってきた他の名主や百姓代も、親し気に声をかけてきた。

一同が顔を揃えたところで、自家用の酒の買い入れについて杉尾が話をした。正式に聞いた名主たちは、村の者に伝えると言って引き上げた。

翌日、酒が相馬郡内の各村から椚木村の名主屋敷に集まった。ここでも村ごとに四斗樽にまとめられて運ばれてきた。

代金は、まとめて名主に渡す。名主は各家が運んだ量を書き留めていた。

「五合を持ち込んだ百姓もあります」

それが精いっぱいの量らしかった。百姓にしてみれば銭は欲しいし、正紀の威光も大きかった。村ごとにまとめられているので、少量でも問題はない。

「おお、十一樽を持ち込んだ村もあるぞ」

杉尾は感嘆の声を上げた。相馬郡内では、合わせて九十八樽が集まった。集まった酒樽はすぐに高岡河岸へ運び、藩の納屋に納めた。

「ここへは、田原屋の姿はありませんね」

周囲を見回しながら、橋本が言った。

杉尾と橋本はその次の日には、山辺《やまべ》郡の二村へ立ち寄った。周辺の村の分も含めて十二樽を買い入れた。

武射《むしゃ》郡にも領地があったが、ここは天領と重なる村があったので、避けた。

そして翌日、杉尾は橋本と共に市原郡内の藩の飛び地六村に入った。

この村の各名主には、すでに酒を一升七十文で買い入れる件について、文を送って知らせていた。喜多《きた》村の名主は、杉尾とは特に親しかった。屋敷を訪ねると、すぐに言った。

「一昨日《おととい》、江戸の酒問屋の番頭が、酒を買いに村へ現れました」

「やはりな」

相馬郡の村には来ていなかったが、こちらへは足を向けていたことになる。

「いくらの値をつけたのであろうか」

橋本はそれが気になったようだ。もちろん杉尾も同じだ。

「一升が八十文でした」

「なるほど」

こちらの値を踏まえて値付けをしていた。

「それで」

「村の者には、七十文で正紀様にお渡しすると話してあります」

それでも例年にない高値だ。

「皆は、得心しているわけだな」

無理強いをしないという方針は変わらない。

「密かに売った者がいるやもしれませんが」

一升や二升は、仕方がないだろう。いやすべてを売ったとしても、責めるつもりはなかった。

名主を呼び、正紀からの依頼として、集まった者たちに改めて話をした。

「すでに声をかけております」

市原郡の村でも、正紀を藩主として信奉する者は多かった。

翌日、喜多村の名主総兵衛《そうべえ》の屋敷に各村から酒樽が運び込まれた。杉尾は名主屋敷の周辺に目を配ったが、田原屋の番頭と浪人者は姿を見せなかった。村人で姿を見た者もいなかった。

市原郡の六村からは、しめて八十七樽弱が集まった。

「すべての村から買い入れたものを合わせると、四斗樽が二百八十八となりますね」

橋本が興奮気味に言った。

「正紀様も、お喜びになられるであろう」

それが嬉しかった。

「弐瓶屋は一升を百三十五文で仕入れるわけですから、輸送の費えが十四両かかるにしても、百七十両以上が藩庫に入ります」

橋本が算盤を弾いた。

そこへ山小川《やまこがわ》村の百姓桑吉《くわきち》が顔を見せた。四十をやや過ぎた歳で、四角張った赤ら顔の小前である。

「おれの酒も、買っていただきてえ」

二升のどぶろくを差し出した。

「ううむ」

杉尾は迷った。山小川村も高岡藩領で、名主の五郎左衛門《ごろうざえもん》とは良好な関係を保ってきた。桑吉とも顔見知りだ。

とはいえ山小川村は、天領や与力の給地にもなっていた。この村の大部分の年貢米は公儀に納められ、高岡藩はごく一部だけだった。

だから声はかけなかった。

「おれらの村も、高岡藩には年貢を納めている。役に立ちてえんですよ」

本音は銭が欲しいのだとしても、桑吉はそう言った。

「しかしな」

「そこを何とかしてくだせえな」

杉尾は渋ったが、桑吉は何としてもといった口ぶりだった。

「わずか二升でございますゆえ」

やり取りを傍で聞いていた橋本が言った。橋本は集まった酒の量と払った代価の綴りを前にして、まだ算盤を手にしていた。思った以上の仕入れができて、興奮が消えない様子で、軽い口ぶりだった。

「そうだな」

杉尾も、桑吉の気持ちを受け入れたかった。知らない者ではない。小前とはいっても、桑吉は広い田圃を持っているわけではなかった。

「では、買い入れよう」

二升の酒を、樽の一つに混ぜた。

「ありがとうごぜえやす」

ほっとした顔で、桑吉は頭を下げた。

市原郡で買い入れた酒は、高岡へは運ばない。陸路で江戸内湾の湊へ運び、そこから荷船で輸送をする。この荷船には橋本が同乗することにしていた。

明朝出立《しゅったつ》し、湾岸の湊を経由して翌日の七月十五日には江戸へ着く。

杉尾はこの日のうちに高岡へ戻り、翌早朝の荷船で水路江戸へ向かう。到着は、同じ日になる。

この内容を、江戸の正紀のもとへ文で伝えた。文のやり取りは深川伊勢崎《いせざき》町の船問屋濱口屋を経由して行う。桑吉のことは量も少なかったので、取るに足らないこととして伝えなかった。

三

そろそろ夕暮れどきという頃、正紀は源之助と植村を伴って、深川伊勢崎町の濱口屋へ出向いた。杉尾からの文が届いていると考えたからだ。荷船で運ばれる文は、まず濱口屋へ届く。

少しでも早く、領内での酒の買い入れについて、中身を知りたかった。各村で集める段取りについては、すでに報告を受けていた。

曇天で、だいぶ涼しくなった。

「少し前に、文が届きましたよ」

顔を見ると幸右衛門が言った。

正紀は早速、杉尾からの文に目を通した。香取郡と相馬郡、市原郡の領地からの買い入れについて、詳細が記されていた。

「上々の運びですね」

「思った以上にうまくいきましたな」

源之助と植村の顔は、ほころんでいる。二人とも大量の酒樽を目にするのを待ち切れぬ様子だ。

「明日、江戸に着く荷船があります。それに載せて来るのでしょう」

幸右衛門が伝えてよこした。香取郡と相馬郡の分だ。

濱口屋を出たところで、一色町の田原屋の様子を見ることにした。初めからそのつもりだった。

高岡領内に現れた地廻り酒問屋である。その後どのような動きをしているか。店の様子を、正紀は見ておきたかった。

仙台堀《せんだいぼり》河岸の濱口屋からは近い場所だ。

三人で、油堀河岸の一色町へ入った。やや離れた場所から、田原屋の建物に目を凝《こ》らした。

それなりに客があった。「いらっしゃい」という小僧たちの声には張りがあった。繁盛している様子だ。酒価が上がれば、下り酒などよりも需要が増えるのは当然だろう。

商っているのは、庶民が住まいとする裏長屋や安い居酒屋などで飲む酒である。

「おや、あれは」

植村が声を上げた。二人の主持《しゅうも》ちの侍が、田原屋の敷居を跨いで店に入った。

正紀はその顔を見て気になった。どこかで見た顔だと感じたのである。二十歳《はたち》をやや過ぎた者と、十六、七といったあたりの歳に見えた。

「何をしに来たのでしょう」

「小野瀬平内と塚田久蔵に似ていますね」

源之助と植村も反応した。

「どちらも、すでに亡くなっているわけだからな」

離れた場所からとはいえ、三人が似ていると思ったわけだから見間違いではないだろう。では何者か。

源之助が、通りに出てきた田原屋の手代に問いかけた。

「今、店に入った武家は、どなたであろうか」

知人と顔が似ていたので尋ねたと付け足した。

「お旗本のご家臣と、お大名家ご家臣のご家中の方です」

愛想よく答えたが、御家の名は言わなかった。

「沓澤家の方ではないか」

源之助は問いかけを続けた。

「さようでございます。ご存じで」

「前に、世話になった」

とごまかした。好意的な物言いにしている。

「あの二人は、前から出入りをしているのか」

「いえ、つい数日前からです」

「いつからか」

ここははっきりさせておきたいところだから、源之助は踏み込んで訊いた。

「ええと。そうそう、五日前からですね」

指を折って数えてから、手代は答えた。

「そうか」

正紀はどきりとした。植村と顔を見合わせた。前に源之助らが、田原屋を探りに来た日と重なる。

「向こうから、訪ねて来たのか」

「さようで」

主人が相手をしたので、詳しい内容は分からない。

「それ以後に訪ねて来たのは、今日が初めてか」

「いえ、ほとんど毎日お見えです」

あっさりと言った。

「ほう。何かあるのか」

「さあ」

隠しているのではなく、手代は本当に知らないらしかった。ただ主人や番頭は、侍を粗末には扱わない。酒肴《しゅこう》を振る舞ったこともあった。

手代と別れて、また半刻（一時間）ほど離れたところから見張っていると、二人が出てきた。気づかれぬように間を空けて、これをつけた。

大川河岸に出ると、二人はそこで別れた。源之助は川上に向かった若い方の侍をつけて、植村は川下に向かった侍をつけた。正紀は屋敷に戻った。

すっかり暗くなったところで、まず植村が戻ってきた。

「あやつ、やはり陸奥泉藩の上屋敷に入りました」

そこまでつけてから、植村は門番の中間にお捻《ひね》りを与えて問いかけたのである。侍は塚田三之助なる者で、桑原主計の家士《かし》で亡くなった久蔵の弟だと分かった。

「兄の代わりに、桑原の指図で動いているわけだな」

正紀は答えた。

そしてしばらくして源之助も戻ってきた。

「若侍は、先日亡くなった小野瀬平内の倅《せがれ》でした」

源之助は、一ツ橋通りの沓澤屋敷へ入ったのを見届けた後で、近くの辻番小屋の番人に尋ねたのだとか。どちらも身内を失っている。高岡藩に恨みを持っているのは間違いなかった。

「沓澤と桑原に、田原屋がいったいどう繋がるのか」

植村と源之助から話を聞き終えた正紀は呟いた。正紀は佐名木や青山、そして井尻を呼んで伝えた。

「何かの企みを、練っているのではありましょうが」

佐名木が言った。沓澤や桑原と、地廻り酒問屋というのは繋がらない。

「どぶろくを買う邪魔をされたところで、こちらとしてはさしたる痛手にはなりませぬが」

青山が言った。すでに領内の酒は、あらかた買い入れてしまった。

田原屋にどういう思惑があるのか、見当もつかない。それよりも、杉尾から送られた文の記述についての話になった。塚田や小野瀬には、やらせておけばいいという気持ちが皆の中にあった。

「さようでござるか。明日、酒樽が届くわけですな」

井尻が口元に笑いを浮かべて言った。

「何よりでございますな」

「正紀様の、初のお国入りの費えになりまする」

青山の言葉に井尻が続けた。いつ公儀の許しが出るかは分からないが、井尻はそれを頭に入れていたらしかった。藩主としての初のお国入りとなれば、通常の参勤交代よりも経費がかかる。それなりの支度《したく》をしたいという気持ちが、井尻にはあるらしかった。

その後、正紀は京にも、酒に関する詳細を伝えた。

「何よりでございますね」

藩の実入りが増えるのはもちろんだが、領民が多少でも潤ったと考えて、京はそれを喜びとしたらしかった。

「腹のやや子の具合はどうか」

「元気に動いておりまする」

ここのところ大きくなった腹を、正紀は孝姫と一緒に撫でるのが習慣になっていた。今のところ、順調に出産を迎えられそうだった。流産の経験があるので、一時は怯えている気配があったが、今はそれがなくなった。

腹の子が順調に育っていることを、実感しているからかもしれない。

「気がかりなのは、大殿様の容態です」

正国は、今日もまた小さな心の臓の発作を起こした。薬湯を飲ませ、しばらく寝て事なきを得たが、次に大きな発作があったらどうなるか分からない。食も細っている。体力がなくなるのは怖かった。

今は目を覚ましていると聞いたので、正国の病間へ入った。

「お加減はいかがで」

「うむ。案じることはない」

領内のどぶろく集めに関する報告をした。正国は体調が悪くても、顚末《てんまつ》を知りたがった。事ここに至っても、藩の政《まつりごと》について関心をなくしてはいない。それは幸いなことだ。

「これで終《しま》いだが、田原屋のことはしばらく気に留めておくように」

正国は言った。沓澤や桑原が近づいていることを危惧したのだ。

四

翌日は、高岡河岸からの荷と、市原郡からの荷が着くことになっていたので、正紀や青山は心待ちにしながら到着の知らせを待っていた。

昼過ぎにまず着いたのが市原郡からの荷で、永代《えいたい》橋に近い深川相川《あいかわ》町の船着場だった。大川の河口に当たる場所である。正紀は青山と源之助、植村を伴って船着場へ出向いた。

江戸の海が間近に広がって、石川《いしかわ》島がよく見えた。正紀らが船着場へ着いたのは、荷下ろしが済んだ頃だった。

「ご苦労であった」

迎えた正紀と青山は、下船した橋本をねぎらった。源之助と植村が、改めて八十七樽を確認した。

「見事な景色です」

船着場に積み上げられた酒樽を目にして、源之助が言った。植村は、酒樽を手で撫でた。どぶろくは下り酒のように新しい樽に入れられてはいないが、愛おしく感じたに違いない。

ご府内を輸送する船問屋濱口屋分家の荷船で、竪川河岸の本所相生町にある弐瓶屋へ荷を運んだ。正紀も同道した。

すでに昨日の段階で、荷が届くことは伝えてあった。

「これはこれは」

弐瓶屋の主人は、満面の笑みを浮かべて出迎えた。納屋の戸はすでに開けられていて、待機していた人足《にんそく》たちがすぐに荷入れを始めた。

納屋は、ほぼ半分埋まった。

この日は一升が百六十四文という、これまでにない高値になっていた。さらに値上がりが見込まれている。

「笑いが止まらぬであろうな」

植村が、忌々《いまいま》し気に呟いた。交わした約定があるから、今さら値を吊り上げることはできない。

「ただ荷の到着を待っていただけではないか」

源之助も呟いた。

そして夕刻間際、高岡河岸からの荷が伊勢崎町の濱口屋に届いた。こちらの荷船の方が、一回り大きかった。

「しめて二百八十八樽でございます」

正紀は杉尾から、集めた酒の詳細を記した綴りを受け取った。どこの村の誰が、何升を出したかが逐一記されている。

正紀はその場で目を通した。見覚えのある名が並んでいた。

最後に記されている、『山小川村　桑吉二升』の記述に目が行った。

「ここは天領と重なる村だな」

「ぜひにと告げられまして。少量でしたので受け取りました」

杉尾が困惑気味の顔で答えた。正紀も気になったが、確かに少量だという気持ちはあった。

知らぬ者ではない。ぜひにと告げられて、持ち帰らせることができなかったのだろうと察した。わずか二升のことだ。

高岡河岸からの荷も、弐瓶屋の納屋に運び込まれた。中は酒樽でほぼ満杯になった。

「さらに酒が出ましたら、お引き取りをいたしますよ」

そう言いながら、弐瓶屋は代金を差し出した。品不足の中での大量入荷だ。どぶろくの出来は樽によって多少異なるが、上機嫌だった。

金子は、青山が受け取った。

「お耳に入れたいことがございます」

そこへ源之助が、正紀のもとへ寄ってきた。先ほどとは打って変わって、厳しい表情になっていた。

「何か」

「竪川の対岸に侍が二人いて、弐瓶屋への荷入れの様子を見ておりました」

それだけならば、通りかかった者がたまたま見ていただけかもしれないが、そうではなさそうだった。

「存じ寄りの者だな」

「小野瀬丙之進と塚田三之助でございます」

「ほう」

田原屋に現れた二人のことは、頭の中にある。正国からも、田原屋のことは気に留めておけと告げられていた。

「よくぞここまで来たと存じます」

源之助には、驚きの気配もあった。高岡藩が酒を集めていることは、ここのところ毎日出入りをしている田原屋から聞いているのは確かだろう。しかし酒の到着の日や卸先《おろしさき》まで知っているというのは意外だ。気味が悪い。

「それで二人はどうしたのか」

「すぐにいなくなりました」

「荷を引き渡す様子を見に来たのだな」

「はい。そういうことでしょう」

源之助はここで、苦し気な表情になって続けた。

「それがしらが田原屋へ様子を見に行った折にですが、何者かにつけられた気配がありました」

源之助は、その折のことを思い浮かべているようだ。

「小野瀬らは、こちらの動きを探っていたわけだな」

「もっと慎重に動くべきでございました」

自分を責める口調になっていた。親や兄を殺されて、黙って身を引くなど考えてみればありえない。警戒を怠《おこた》った反省があっての言葉だった。

「この数日、塚田と小野瀬は毎日のように田原屋に顔を出しておりました。地廻り酒にまつわる何かを企んでいると思われます」

何をしてくるかはまだ分からないが、企みの糸口を摑ませてしまったという後悔である。

「塚田と小野瀬の恨みは当家にしてみれば逆恨みですが、向こうにしてみれば深い遺恨になっていると存じます」

「主人の沓澤や桑原も、指図をしていたやもしれぬな」

「抜かりました」

源之助は頭を下げたが、その時点で気づくのは難しかっただろうと思われた。つけてきた者を、目にしたわけではなかった。

「それで塚田や小野瀬らは、田原屋に近づいたのでございましょう」

「高岡藩領を廻った田原屋の番頭が、杉尾らの動きを逐一江戸へ伝えていたわけだな」

「まさしく」

初めはさらなる値上がりが見込める酒を、店の利益のために集めていただけだろう。田原屋は、高岡藩や正紀に遺恨はない。ただ塚田や小野瀬らが関わったとなると、事情が変わってくる。

二人の動きには、幕閣の思惑が絡んでいると考えるべきだ。

「そこで何を企んでくるかだな」

まだ動きは見えないが、警戒は必要だった。正国の言葉が、胸に染みた。

夜、その話を京にした。

「人の恨みや憎しみを、侮《あなど》ることはできませぬ」

逆恨みだと、軽く見ることはできない。藩財政を軌道に乗せるための取り組みは、徐々によい方向に向かっているが、この件が蟻《あり》の一穴《いっけつ》にならないとは限らない。

「沓澤や桑原の動きを、探らせよう」

「そのお二人だけではありますまい」

「定信様もだな」

何を企むか分からない。沓澤や桑原は、定信に近づいていることだろう。高岡藩はわずか一万石でも、定信にとっては尾張という括《くく》りの中に入る。そこでは先鋒といった位置づけだろう。定信も、怒りや恨みを忘れない者だと睨んでいた。

その後で、正紀は大きくなった京の腹を撫でた。腹の中で、命が宿っている。赤子が動くのが分かった。

五

楓川河岸の松平定信の屋敷に、沓澤と桑原が訪ねて来た。登城前のことだ。

他にも少なくない来客があって待たせたが、定信は二人と会った。どうでもいい相手は、待たせただけで帰らせることもあるが、沓澤と桑原は高岡藩の動きを探ると聞いていたから会うことにした。

正紀の腹心の藩士が、高岡へ下ったという話までは聞いていた。その後、何か摑んだのだろうと考えた。それならば、会う意味がある。

「高岡へ下った正紀の腹心二名でございますが、かの地で酒を集めておりました」

挨拶を済ませると、沓澤はすぐに本題に入った。

「『造酒額厳守』の触《ふれ》を出しておるぞ」

「ははっ。ゆえに酒の値が、上がっております」

「それで一儲《ひともう》けしようとの企みだな」

一気に不快な気持ちになって、定信は言った。

「領地内ならば、過造や隠造の酒もかまわず集めようという腹でございましょう」

桑原は、確信を持った口ぶりだ。自家用のどぶろくだが、酒は酒だと付け足した。

「わしの触を、無視してのことだな」

「さようで」

「大名が、商人のような真似をいたしおって」

忌々しい思いが、舌打ちになって出た。

定信の触は、大名支配の土地には及ばない。従う大名もいるが、尾張一門のように敵対する一派の者たちは何もしない。それが腹立たしいのだ。

とはいえそれを理由に、罰することはできない。大名は、領地内の政については、自らの判断で決めることができた。一揆など著《いちじる》しい混乱や明らかな不正、公儀に反抗する出来事があれば別だが、領内で酒を買い入れる程度ではどうにもならない。

ただ武家としての矜持《きょうじ》を持たず、金儲けをしようとする正紀の動きは気に入らない。気持ちを逆撫でされているように感じた。

武士と商人の間には、厳然たる身分の差がある。それを越えて武士が商人の真似をするのは、武家を貶《おとし》めることになると考える。受け入れられない話だ。

「いかほど、仕入れたのか」

「本所の弐瓶屋なる問屋が買い入れました。家臣が手代に銭を与えて訊きましたところ、四斗樽が二百七、八十ほどだそうで」

「ずいぶん集めたな」

「利は、百五、六十両ほどになろうかと」

「………」

膝《ひざ》の上の手が、袴《はかま》を握りしめた。自身が出した触のせいで、正紀は大金をせしめたのである。

「忌々しい若造めが。一泡吹かせてやりたいところでございます」

桑原が、機嫌を取るように言った。

「うむ」

「そこででございます」

沓澤が身を乗り出して言った。どこか誇らしげな表情になっていた。

「よい案があるか」

「酒を集めたのは高岡藩領と隣接する淀藩領の村でございましたが、そうでないところが一村ございました」

「どこだ」

「上総市原郡の山小川村でございます」

「天領にございます」

沓澤に桑原が続けた。

「そうか。高岡藩は、そこから買ったのか」

誇らしげな顔になったわけが分かった。

「買い入れた酒は、二升だと聞きました」

「わずかだが、量の多寡《たか》は問題ではない」

腹の奥が、熱くなった。好都合な話ではないか。

「その村は高岡藩も、多少の年貢を取っております」

「そのようなことは、どうでもよい。自家用とはいえ、それは紛れもなく隠造の酒であろう」

「まさしく」

声が大きくなったのは、自分でも分かった。沓澤と桑原は両手をついた。

「天領の百姓が、触が出ているのにもかかわらず、それを大名家に売った」

「捨て置けませぬ」

沓澤は大げさに頷いた。

「買った大名家も、ただでは済まぬことになりましょう」

桑原が続けた。いかにも大事《おおごと》といった口調だ。

「その詳細を、明らかにできるのか」

言い逃れできない確たる証があれば、高岡藩を追い詰めることができる。

「できましてございます」

沓澤と桑原は胸を張った。

「申してみよ」

「さればでございます。それがしらの手の者が、高岡藩の上屋敷を探っておりました」

「うむ。どのような動きをしているかを知るためだな」

「御意《ぎょい》。九日のことでございます。正紀の腹心の者が、動きました」

つけて辿り着いたのが、深川一色町の地廻り酒問屋田原屋だった。

「それでどうした」

「早速手の者が、田原屋に赴き尋ねました」

そこで主人から、江戸を出た正紀の手の者が、村の百姓から自家用の酒を買っているという話を聞いたのである。

「市原郡の高岡藩領の飛び地には、天領と共に高岡藩が年貢を集める山小川村なる村がありました」

「その百姓が、二升を売ったわけだな」

「ははっ。それにあたっては、少々細工をいたしました」

「買わせるように仕組んだわけだな」

「さようで」

天領の酒を買わせたという事実があるならば、細工の中身はどうでもいい。ここまで明らかになれば、関東郡代《かんとうぐんだい》を動かす。

「面白いことになってきた」

定信は嗤《わら》った。

「吠え面《ほづら》かくな」

と続けた。これは宗睦への言葉だった。

高岡藩を減封《げんぽう》にしてやればいい。ほんの数石でよいのだ。それで一万石の高岡藩井上家は大名ではなくなる。

さらにもう一件。加賀前田にも一泡吹かせてやりたい。前田治脩にも憎しみがある。政権を脅《おびや》かす側についたことだ。

「尾張と組んだことを、後悔させてやらねばならぬ」

胸の内で呟いてから、定信は口に出した。

「加賀前田にも、何かできぬか」

すると沓澤と桑原は顔を見合わせた。そして頭を下げた。

「何とか、考えてみたいと存じまする」

「うむ。そういたせ」

それで二人を下がらせた。

六

それから六日後、のことになる。市原郡山小川村の名主五郎左衛門の屋敷へ、関東郡代伊奈忠尊《いなただたか》の配下村垣丙右衛門《むらがきへいえもん》が下役の手代を伴ってやって来た。郡代の名代として、公式の訪問をしたのである。

朝から、小雨交じりの一日だった。

「ようこそお越しくださいました」

五郎左衛門は厳しい表情の村垣に乾いた手拭いを渡し、丁重に奥の部屋へ通した。年貢を納める折に会ったが、そのときはもっと穏やかだった。

何事かと怯えて、背筋が震えた。

「その方、代官所より伝えられたご公儀の触を、きちんと村の者に伝えたのであろうか」

叱責といっていい口調である。『造酒額厳守』の触のことだ。

「も、もちろんでございます」

畳に両手をついたまま答えた。

「伝わっておらぬ」

「はてそのような」

掠れた声で、やっと答えた。

「当村の小前桑吉は、隠造の酒を高岡藩井上家に売り金子を得たというではないか」

「まさか」

仰天した。初めて耳にしたことである。

「知らぬのか」

村垣は、さらに声を荒らげた。大きな失態として咎めている。

慌てて桑吉を呼んだ。桑吉は雨の降る中を、庭先で平伏した。罪人の扱いだから顔が蒼白になっていた。

雨が、髪と体を濡らしている。

「去る七月十三日、その方は隠造の酒を高岡藩井上家に売ったそうだな」

「い、隠造など、とんでもない。家で飲むための酒でございます」

「何を申すか。それでも隠造ではないか」

村垣の一喝には、五郎左衛門も震えた。桑吉は、二升の酒を高岡藩に売ったことを認めた。村垣は堅物で通っている。些細な不正や不備も、見つければ許さない質《たち》だった。

「触が出た後に、酒を売るなど言語道断ではないか。お上を怖れぬ所業である」

「わ、私は、風邪を引いていて、名主様のお屋敷には行けませんでした」

「たわけたことを申すな。何であれ、触は出ていたのだ」

桑吉は聞かなかったと告げたわけだが、言い訳は一切聞き入れられなかった。

「たかだか二升の酒でそこまで」

五郎左衛門は思ったが、それを口に出すことはできなかった。言えば怒りの炎に、油を注ぐようなものだろう。

村垣は、桑吉の証言について口書きを取り、五郎左衛門と桑吉に署名をさせた。桑吉の筆を持つ手が震えていた。

さらに四日が過ぎた。夕刻になって、正紀は兄睦群から呼び出しを受けた。火急のことと告げられ、慌てて出向いた。

嫌な予感が胸に湧いている。

「酒価が上がり、国許より酒を集めたのであったな」

「ははっ」

この件について、睦群には伝えていた。そのときには、何も言わなかった。まったく関心を示さなかった。しかし今日は違う。

「その折、天領である市原郡山小川村の酒二升を買い入れたであろう」

「確かに」

魂消《たまげ》た。たかだか二升の酒である。それを睦群が口にするとは思いもしなかった。

尾張藩が他から仕入れた情報だ。

どこから聞いたかは分からないが、睦群が知っているならば宗睦も知っているはずだ。尾張徳川は地獄耳だが、それにしても小さな出来事のはずだった。

「それがどのような問題になりましたので」

大問題とは感じない。

「定信の耳に入った」

「どぶろく二升が、でございますか」

定信が吝《しわ》いのは分かっている。しかし天下の宰相《さいしょう》が、それで何かを企むとは思えなかった。

「二升という、量が問題なのではない」

睦群は言い切った。それで正紀もどきりとした。

相手は策士の松平定信だ。老中格本多忠籌も切れ者として誉《ほま》れ高い。二人を、宗睦も睦群も舐めてはいなかった。

「忘れてはならぬ。『造酒額厳守』の触は、公儀が出したものだ」

「それはもちろん」

「天領では、絶対だ」

言い切ってから一息つき、そして続けた。

「たとえ己が飲むつもりで拵《こしら》えた酒であろうと、売れば公儀が禁じた隠造の酒を売ったことになる」

お目こぼしされるのは、あくまでも自分が飲む場合だけだ。対価を得れば隠造だと付け足した。

「…………」

「問題はそれを、高岡藩井上家が買ったことだ」

「しかし山小川村からは、当家も年貢を得ておりまする」

「わずかだというではないか。ほとんどは、公儀に納められる。それならば、天領と見なすべきであろう」

「はあ」

「公儀の触を、大名家が破る行いをした。定信には、好都合なことではないか」

心の臓を、いきなり冷たい手で握られた気分だった。睦群の言葉は、大げさではないと受け取った。

定信は政敵である尾張一門を、その先鋒の役目を果たしている正紀を憎んでいるのは明らかだ。

「定信は関東郡代の伊奈に命じて、売った百姓と名主から口書きを取ったそうだぞ」

「すでにそこまでいたしましたか」

周到で、素早い動きだ。まったく気づかなかった。名主の五郎左衛門は、関東郡代の使者が来て調べを行ったことを、高岡藩に伝えなかったのである。

「これはな、あやつらに攻める恰好の口実を与えたということだ」

「まさしく」

悔やんでも、今となってはどうにもならない。

「向こうはこの機を待っていた」

「桑吉はどうなりましょうか」

藩のこともあるが、それも気になった。

「定信らにとっては、一人の百姓など、どうとも思うまい。高岡藩のことを考えねばなるまい」

睦群は嗤った。

「何をしてくるのでしょうか」

「分からぬ。ただこちらが困ることをしてくるだろう」

「改易ですか」

最悪のことを口にしてみた。

「まさか。二升の酒でそこまではできぬ」

「いかにも」

「そこまですれば宗睦様は黙っておらぬ」

これはありがたい。しかし宗睦が正紀を守るのは、使える者と受け取っているからだ。情だけで動く者ではない。

「ただ相当なことは、覚悟いたさねばならぬ」

「まさか減封とか」

これは堪《こた》える。全身から冷や汗が出た。一石でも減れば、大名ではなくなる。とんでもない話だが、定信ならばやりそうだった。

「ううむ」

一万石の辛いところだ。せめてあと千石か二千石の家禄があれば、どうということもない話だ。

「少しでも、事を軽くできる手立てはないか」

それを探れと睦群は言っていた。酒の値上がりによって高岡藩は利を得たが、その何倍もの荒波が押し寄せてきた。

第三章　駕籠前騒動

一

高岡藩上屋敷に戻った正紀は、佐名木と井尻、青山と杉尾、橋本といった廻漕河岸場方、それに源之助と植村を呼んで、睦群から聞いた話を伝えた。

佐名木たちも、何事かと帰りを待っていた様子だった。

「な、何と」

話を聞き終えて、誰よりも狼狽《うろた》えたのは杉尾と橋本だった。どちらも顔が青ざめている。

「まずそれがしが、桑吉の二升を引き取ろうと申しました。あれさえなければ、このようなことには」

「いや。拙者も、受け入れ申した。少量と気を許した。それが間違いのもとかと」

橋本と杉尾が続けた。泣かんばかりの表情で、買い入れた当事者として落ち度を認め己を責めた。

「藩は、どのようなことになるのでしょう」

井尻は顔色を変え、背筋を震わせた。藩が危機に陥《おちい》ったとき、まず誰よりも先に狼狽えるのが井尻だった。

「改易となりましょうや」

怯えている。いつものことだが、最悪の場合を考える。

「そこまではなかろうが、難題を吹っかけてくるであろう」

井尻の問いに、佐名木が苦々し気な顔で答えた。

青山は沈痛な面持ちで目を閉じ、源之助と植村は声も出ない。二升の酒が藩を追い詰めることに、実感がないのかもしれなかった。

「は、腹を切りまする。藩の落ち度ではなく、それがしの失態ゆえ」

「そ、それがしも」

杉尾が思いつめた顔で口にすると、橋本も続けた。引き攣《つ》った顔で、目に涙の膜ができていた。

「たわけたことを申すな」

正紀が一喝した。

「そのようなことをして何になる」

と続けた。

「いかにも。向こうの目当ては、その方らに腹を切らせることではない。当家を身動きできなくさせることだ」

佐名木も返した。

「しかし」

橋本は、体の震えが止まらなかった。

「逃げ切る手立てを、思案いたすのだ」

「死んだ気になって、事に当たればよい」

今肝心なのは、これだった。正紀と佐名木が伝えた。それで杉尾と橋本がどう考えたかは分からないが、とりあえず腹切りは思いとどまったらしかった。

とはいえこれで、定信らが何をしてくるかはまだ分からない。

「身動きが取れませぬ」

井尻は、すでに気持ちが怯《ひる》んでいた。窮地の場面を、あれこれ考えているのだろう。

「それにしても腑に落ちませぬ」

と漏らしたのは源之助だ。

「何だ。申してみよ」

「二升の酒のことが定信様に知れたのは、田原屋の番頭紀助が、主人の三郎兵衛に知らせたことから始まると存じます」

村々から酒を買い入れた状況は、逐一江戸まで知らせていただろう。

「うむ。訪ねて来た塚田か小野瀬に三郎兵衛が話し、それが沓澤を経《へ》て伝わったと見てよい」

正紀は返した。

「では山小川村の桑吉は、藩が酒を買い入れていることを、どのようにして知ったのでしょうか」

「いかにも。山小川村へは、酒を買う旨の知らせは出しておりませんでした」

杉尾が答えた。橋本が頷いている。そこに何か、からくりがあるのではないかという眼差しになっていた。

「喜多村あたりの知り合いから、聞いたのではないか」

「そうかもしれませぬが、謀《はか》ったやもしれませぬ」

青山の言葉に、源之助は返した。

「田原屋の番頭紀助は、当家が酒を集める前に、喜多村など市原郡の村へは入っていたと存じますが」

「ええ、一升を八十文で買うと告げておりました」

杉尾は源之助に返した。名主の総兵衛は、紀助の申し入れを高岡藩に売るとして断ったのである。

「そして紀助は、もう値を吊り上げることはせず、姿も現さなかったわけでございますね」

「いかにも」

物分かりがよすぎると言いたいらしい。

「さらに値を吊り上げることもできたでしょうが、それをしておりませぬ」

「他へ廻ったのではないですか。他にも酒のある村はあるでしょうから」

源之助の言葉に植村が答える。

「そうやもしれませぬが、これで当家を嵌《は》めようとの腹があったからこそ、桑吉を唆《そそのか》したのではないでしょうか」

「ううむ。ないとはいえまいが」

青山が唸《うな》った。

「下総や上総で動いたのは、田原屋の番頭と浪人者であった」

佐名木が言った。地方へ出ていて、沓澤や桑原とは関わりを持っていないと告げている。そこで橋本が、はっとした顔になって言った。

「今月の十日、集めた酒を高岡河岸へ運びましたが、田原屋の姿はありませんでした。やつらは市原郡内の喜多村へ顔を出しておりました」

「そうであった。名主の総兵衛は断ったのであった」

と杉尾。紀助は、そのあたりでは酒を仕入れようとしていた。しかしそれ以降は、姿を現さなくなった。

「江戸から、何か指図があったのではないでしょうか」

橋本の推量だ。文のやり取りをしていたのは間違いない。市原郡のどこかに宿を取り、そこに江戸からの文が届くようにすればいい。

「それがしらが田原屋に行き着いたのは、九日のことでした。あのとき小野瀬らにつけられていたのなら、やつらはすぐに、田原屋から事情を聞いたことでしょう」

「そこで結託したのか」

源之助の言葉に続いて、植村が呟いた。

「その日のうちに指図する文を書いて、市原郡内にいる紀助に送れば、十三日の酒の買い入れの前に届きます」

「天領である山小川村の桑吉に、当たりをつけることができるな」

「銭で、言うことを聞かせることができます。触が出ていても、かの地の百姓は、重くは考えないのではないでしょうか」

青山と源之助が、推量を口にした。こちらとしては、思いがけない展開だった。

翌日、確かめてみようということで、源之助は植村と深川一色町の田原屋へ足を向けた。

杉尾と橋本も行きたがったが、正紀が止めた。

紀助や用心棒の宇宿原は二人の顔を知っているし、今は気持ちが逸《はや》っている。適任ではないとの判断だ。

店には、紀助らしき番頭の姿が見えた。小売りの主人ふうの客と話をしている。なかなかに愛想がいい。

通りで配達のための荷積みをしている十六、七歳くらいの小僧に、源之助が問いかけた。手早く、お捻りを握らせている。

「この店は、遠方からの仕入れがよくできているようだな」

「へえ、そりゃあもう。番頭さんが、折につけて仕入れにお出かけになります」

小僧は侍に褒められて、嬉しそうな顔をした。

「では、文のやり取りなどはするのであろうな」

「いたします」

「しかし文を出すにあたって、居場所が分からぬと送れぬな」

「泊まる旅籠《はたご》が決まっておりますので」

「上総市原郡あたりでは、どこに宿を取るのか」

「それは……。ああ、生実《おゆみ》藩陣屋近くの旅籠です」

喜多村や山小川村とは、近い距離だ。

「では、そこへ番頭が江戸へ戻る前に文を送ったのはいつか」

「十日です」

即答に近かった。

「よく覚えているな」

「私が飛脚のところへ持っていきましたので」

それならば確かだろう。十日に文を至急の飛脚にして送っていれば、遅くとも十二日には着く。杉尾らが喜多村で酒を買い入れたのは、十三日だった。桑吉を誑《たぶら》かし、酒を売らせることができたことになる。

「くそっ。やはり沓澤らが嚙んでいたのか」

植村が吐き捨てるように言った。

二

同じ日の昼前、小川町《おがわ》一ツ橋通りの沓澤の屋敷に桑原がやって来ていた。襖《ふすま》を開いた隣の部屋には、小野瀬と塚田が控えている。

「高岡藩については、うまくいきましたな」

「まことに。ご老中方に伝わったことは尾張から聞いたでござろうゆえ、今頃は慌てふためいていることでござろう」

「愉快愉快」

沓澤は声を上げて笑った。閣僚の間で問題とされた。となると間を置かず、尾張に伝わったと考えられる。

家臣の小野瀬平内を殺されたときには、怒りで体が震えた。定信には冷ややかな目を向けられた。今度しくじったら、定信は自分を相手にしなくなると察している。しかし今回は違った。高岡藩の落ち度を摑むことができた。取り返しのつかないことだ。桑原も満足気に頷いた。

「そこで次は、前田家でござる」

「いかにも」

杳澤の言葉に、桑原が頷いた。

本家だけでなく分家でも、痛手を負わせる手立てはないかと定信から告げられていた。加賀前田家には、富山《とやま》藩十万石と大聖寺《だいしょうじ》藩七万石、それに七日市《なぬかいち》藩一万石の三つの分家があった。

それが前田一門をなしている。四藩を合わせれば、百二十万石になる。その大きな勢力が、御三家筆頭の尾張徳川家と手を結んだ。定信にしてみれば、看過できない話だろう。

「拙者は分家でも、一番石高の多い富山藩を探ったのでござるが、藩主の利謙《としのり》殿はまだ二十四歳ながら堅実な御仁でしてな、付け入る隙はござらなかった」

杳澤は言った。

「それがしは大聖寺藩の前田利考《としやす》殿を探ったのでござるが、十三歳という若年《じゃくねん》ながら、名君の誉れが高《た》こうござった」

　補佐をする家臣もしっかりしていたと、桑原は言った。不始末を探せなかったという話だ。

「両藩とも、扱いにくそうですな」

　どちらも分家とはいっても、小藩とはいえない。

「七日市藩はいかがですかな」

　ここは沓澤が当たった。

「藩主は利以《としもち》殿なる御仁でござるが、利謙殿や利考殿とはちと違うようで」

「どのように」

「派手めのお暮らしでござる」

　覚えず口元がほころんだのが、沓澤は自分でも分かった。

「それは、何より」

　桑原も口元に笑みを浮かべて問いかけてきた。

「奢侈《しゃし》禁止の触がたびたび出ている中ででござるか」

　質素倹約、奢侈の禁止は定信の政策の基本中の基本だった。町の者だけではない。大名であっても、目につく行いがあれば睨まれることになる。

「どうもそのようで」

沓澤も、己の目で見たわけではなかった。ただ伝手を得て、前田利以と親しくしている大名や前田家ゆかりの旗本から話を聞いた。

大聖寺藩第五代藩主前田利道《としみち》の六男として生まれた者だ。

「あくまでも噂《うわさ》でござるが」

沓澤は利以について聞き込みをしていた。

「なかなかの芝居好きで、美食と美服を求めるのだとか」

「ますます好ましい」

桑原はあからさまに声を上げて笑った。しかし少しして、思いついたように口にした。

「たかだか一万石で、それができるのでござろうか」

不思議そうな顔になった。一万石の大名家の財政は、どこも逼迫している。それは予想のつくことだ。高岡藩も正紀が婿に入って様々な手を打ち、ようやく回復の兆《きざ》しを見せてきた。

「ゆえに七日市藩は、ひと際厳しい模様でござる」

「すると、本家の加賀藩や実家の大聖寺藩に助けられているわけですな」

「愚かな藩主を持つと、藩士は苦しむようで」

と沓澤が嘲《あざけ》るように答える。

「まことかどうか、確かめねばなりますまい」

そこで沓澤は、隣室の小野瀬と塚田に目を向けた。

「前田利以殿の行状を探ってみよ」

「ははっ」

二人は平伏をした。

塚田は小野瀬と共に、半蔵門《はんぞうもん》外にある七日市藩前田家の上屋敷前にやって来た。向かい側は半蔵堀で、石垣の先は吹上御庭《ふきあげおにわ》となる。

堀の水辺では、水鳥が数羽水面《みなも》に泳跡《えいせき》を残している。しんとしていて、人の気配はまったくなかった。

門番に尋ねるわけにはいかない。まずは近くの辻番小屋で、年長の塚田が番人の老人に問いかけをした。

「さあ、殿様の暮らしぶりなぞは」

返ってきた言葉は、当然のものだった。具体的なことは何も分からない。

「では、出てくる中間か若党に訊いてみよう」

一刻半（三時間）ほど待って、ようやく三十歳前後の中間が出てきた。近寄った塚田が声をかけて小銭を与えた。

「お殿様の暮らしぶりですって」

「そうだ」

「存じませんね。あっしらは、命じられた供をするだけなんで」

胡散臭《うさんくさ》い者を見るような目を向けると、すぐに行ってしまった。与えた銭は、懐に入れたままだった。

腹立たしいが、ここではどうにもならない。

さらにしばらくして、上士とおぼしい身なりのいい三十歳前後の侍が出てきた。そこで小野瀬が侍をつけた。

残った塚田は、辻番小屋の番人に出てきた侍が何者か尋ねた。

「御側用人の矢田部兵衛《やたべひょうえ》様ですね」

と教えられた。一刻ほどしたところで、小野瀬が戻ってきた。大聖寺藩上屋敷へ行っただけだった。

何の手掛かりも得られぬまま、日暮れてしまった。もう誰も出てこない。

翌日から、八月になった。朝のうちから、塚田と小野瀬は半蔵堀河岸の七日市藩上屋敷前へ行った。金木犀《きんもくせい》の甘い香が、どこからか流れてきた。今年初めて嗅ぐにおいだった。

この日は、八朔《はっさく》の祝いで総登城となる。秋も徐々に深まって、収穫の時期が近づいてくる。収穫できることを喜び、無事に実りを受けられるようにと、田の神に「田《た》の実《み》」の豊作祈願をする日であった。

また徳川家初代家康《いえやす》が、天正《てんしょう》十八年（一五九〇）八月一日に初めて公式に江戸城に入ったとされることで、江戸幕府はこの日を正月に次ぐ大事な祝日と定めていた。

大名旗本は、白帷子《しろかたびら》を着用しての登城だ。

塚田と小野瀬が見ていると、表門の扉が軋《きし》み音を立てて開かれた。八朔の祝いに出るための、藩主の行列が出てきた。先頭の侍の後ろに、槍を立てた中間二人が続いている。

「よし」

見張っていた塚田と小野瀬は頷き合うと、下馬先まで行列をつけた。藩主の利以は、城内へ入っていった。それには関心はない。

問いかけをするのは、藩主の帰りを待つ家臣たちの方だ。

駕籠を担いできた陸尺《ろくしやく》や中間が、話をしている。いつ下城してくるか分からない殿様を、ここで待つことになる。雨風のある日や雪の日は、さぞかしたいへんだろう。

塚田と小野瀬は、家臣たちの近くに寄って聞き耳を立てた。

「麹町《こうじまち》二丁目の菊屋《きくや》だがな、あそこの豆腐田楽《とうふでんがく》はうまいぞ」

「器量のよい娘がいるところだな。何度か行ったぞ」

まず始まったのは、どこそこの居酒屋の酒はうまいとかまずいとか、値が高いとか安いとかいう話だ。

「近頃は値が上がったからな、なかなか行けねえ」

何軒かの店の名が挙がった。皆酒好きらしかった。

愚にもつかない話だが、聞いていると麹町山元町《やまもと》の裏通りにある煮売り酒屋升屋《ますや》の評判がよかった。出向く者が多いらしい。これは頭に入れておいた。

さらに聞き耳を立てるが、藩主や重臣の暮らしぶりが分かる話は聞くことができなかった。こちらから問いかけるのは、憚《はばか》られた。昼下がりになって利以は下城し、半蔵堀河岸の屋敷へ戻った。

行列の後をつけた収穫はなかった。

そこで暮れ六つ（午後六時）頃、塚田は小野瀬と共に、話に聞いた升屋へ行った。外で店の様子を見ていると、見覚えのある七日市藩の陸尺二人がやって来た。縁台に腰を下ろして、注文した酒を茶碗で飲み始めた。

塚田と小野瀬も店に入り、隣の縁台に腰を下ろした。

「どうだ、飲まぬか」

どうでもいいことを話した後で、塚田は陸尺たちの茶碗に酒を注いでやった。

「ありがてえ」

陸尺たちは遠慮をしない。酒の値が上がっているからか、相好《そうごう》を崩した。三度注いでやったところで、塚田が問いかけた。

「その方らは、殿様を乗せて様々な場所へ向かうわけだな」

「まあね。いろんなところへ行きますぜ」

だいぶ酔ってきている。

「どのようなところへ行くのか。お忍びの駕籠で行くこともあろう」

「そりゃあね」

陸尺たちは笑った。空になった茶碗には、すかさず酒を注いでやる。

「おれたちは安酒をかっ喰らうだけだ。銭がなくて飲めねえことも珍しくない。でも殿様はそうじゃねえ」

と漏らした。

「たらふく飲めるわけだな」

「それだけじゃあねえ。芝居もお好きなようでね」

からかう口調になった。

「なるほど、よく出かけるわけだな」

「まあね」

「では近々にも、どこかへ出かけるのではないか」

「ええ。明日は木挽町《こびき》の河原崎座《かわらさき》へ行くことになっている」

「おれたちは、また外で待っているのか」

二人は笑って、茶碗の酒を飲み干した。

出し物が何かなどは、陸尺たちには分からない。ただ利以が芝居好きだという噂は、耳にしていた。嘘《うそ》ではないことが分かった。

「出し物が変わるたびに出向くのか」

「毎月ではないと思うが」

芝居は贅沢《ぜいたく》だとの位置づけになっている。定信の政策で、休座になっている芝居小屋は少なくない。出し物の内容も、制限をされていた。衣装も派手なものは使われないと聞いた。それでも芝居好きは、集まっているらしい。

「藩財政が苦しいというのに、ふざけた話だ」

小野瀬が呟いた。

「だから困らせればいいのだ」

沓澤と桑原に知らせることにした。

三

八朔の祝いのための登城前、正紀は京から声をかけられた。思いつめた眼差しだ。

「大殿様のお具合がどうも」

未明から苦しんで、少し前に寝付いたところだという。京は身重でありながら、和と共に看取りを行っているのである。

正室の和は、おろおろするばかりだとか。狩野《かのう》派の画を好み、自らも絵筆を握る。我《わ》が儘《まま》な一面もあるが、正国との仲は良好だった。

「お休みいただくように話しましたが、心落ち着かぬようで」

和をなだめるのも一苦労らしい。もう長くはないと、誰もが感じていた。とはいえ、それで京の心身に差し障りがあっては困ったことになる。

「お辛い様子でしたが、それでも山小川村の隠造の酒について、案じておいででした」

「そうか」

面倒な雲行きになりそうなことは、まだ伝えていない。しかし何か感じるのかもしれなかった。

「あの御仁はしぶとい。しかも切れ者だと、おっしゃいました」

正国は、定信が頭脳明晰《ずのうめいせき》でやり手であることを認めている。

「病重い折にご心労をかけるな」

正紀は心苦しかった。

「その方も、体をいとえよ」

京の出産が迫っている。こちらは慶事だが、何かあってはならないと、これも気がかりだった。

城内では、八朔の祝いが行われた。官位や家格、石高の順に将軍のいる大広間に入り祝意を伝える。形ばかりのものだというが、正紀は初めてだった。

井上家は譜代だが、一万石の同じ官位の者と合わせての御目見《おめみえ》だった。贈答の儀があって、奏者番が一人一人の名を挙げた。ただそれを、家斉が聞いているかどうかは分からなかった。

遠くに顔が見えるだけだ。定信や本多ら老中が居並ぶ姿も窺えた。どれも神妙な面持ちだ。

定信の顔色を窺う老中たちは、高岡藩の酒に関する一件を落ち度もしくは不正として捉《とら》えて、処分をしようと企んでいる。しかしまだ、はっきりと目に見える動きはなかった。

調べも、何かの沙汰《さた》もない。嫌な気分だった。

儀式が済むと、大名たちは恭《うやうや》しく頭を下げて、大広間から退出する。廊下へ出ると、ほっとした。

すべての儀式が済むと、城内にあった緊張が緩むのが分かった。

用を足しに廊下へ出た正紀は、そこで定信や本多を含めた数人と出会った。黙礼をしたが、いつものように一瞥《いちべつ》も寄こさずに通り過ぎていった。高岡藩を追い詰めているが、何事もないといった顔つきだった。

ただ二人の背後にいた新谷藩主の加藤泰賢が、正紀に顔を向け目が合った。こちらは黙礼をしている。

返すかと思ったが、泰賢は慌てて目をそらした。

その慌てぶりを目にして、腹に何か思うところがあるのではないかと察した。定信に近づいているのは分かっていたが、こちらは泰賢に対して何の思いもなかった。

「これは井上殿」

声をかけてきたのは、七日市藩主の前田利以だった。加賀前田家が尾張徳川家と姻戚関係になることで、七日市藩が高岡藩とこれまでよりも近い間柄になったのである。尾張藩上屋敷で、正紀は利以だけでなく、側用人の矢田部兵衛とも顔合わせをしていた。

向けてくる利以の眼差しに親しみがあった。それからすぐに真顔になって問いかけてきた。

「正国様のお加減は」

病にあることは聞いているのだろう。口先だけでなく案じている様子だった。正国が奏者番だったときに、世話になったと言い足した。

「養生を続けておりまするが」

返答に困った。今日明日何があってもおかしくはないが、それを口にしてもどうにもならない。

「お大事になされますように」

言い残すと頭を下げて立ち去った。礼儀正しい態度だった。

七万石の実家で甘やかされて、一万石の藩主になった。贅沢が身についているとの評判はあるが、性悪だとは感じない。

利以の後ろ姿に目をやっていると、傍《かたわ》らに兄の睦群がやって来た。

「あの者、だいぶ脇が甘い。家臣は難儀をするだろう」

と耳元で言った。利以は尾張一門と近い間柄になったが、厳しい見方をした。人を見るという部分では、睦群は情に流されていない。

「好人物であるだけでは、政《まつりごと》はうまくいかないということでしょうか」

「まあそうだ。おまけに派手好きときている」

芝居好きで、美服や美食を求める。藩主の贅沢で財政が揺らいでは、家臣たちも困るだろう。

「本家や実家の世話になれるうちはよろしいのでしょうが」

「奢侈な暮らしは、定信が忌《い》み嫌うところだ」

何かの折に狙われるぞと付け足した。そして問いかけてきた。

「山小川村の件について、その方でも調べ直しをしているか。今のままでは、減封を免れることはできぬ」

「ははっ。廻漕河岸場方の者を、国許へやりました」

昨日の早朝に江戸を発っていた。今日中には、杉尾と橋本は市原郡の喜多村へ入っているはずだった。

四

八月一日の夕暮れ前、橋本は杉尾と共に山小川村へ入った。深川から江戸内湾を航行する荷船で市原郡の湊まで行き、そこから生実藩領を経ての道のりである。

晴天だったので、彼方に富士のお山が見えた。

道中橋本は、杉尾から桑吉について分かっていることを聞いた。橋本は、杉尾が百姓のことをよく知っているので感心した。

「父親は胃の腑を病《や》んでいてな、長く寝込んでいる」

「田仕事はできないわけですね」

「そうだ。子どもは、十五歳を頭に七人いたはずだ」

一番下は三歳だという。

「十五歳は働けるにしても、食い扶持《ぶち》はかかりそうですね」

「少しでも銭が欲しいのは確かだろう」

橋本は、酒を持ってきた折の桑吉を見ただけだ。二升の酒を、何とか売りたいと必死だった。裏に企みがあってのこととは思いもしなかった。

「おのれっ」

どのような事情があろうとも、許しがたい気持ちだ。ただその企みに、桑吉がどこまで絡んでいるかは分からない。

二人は山小川村へ入ったが、桑吉に問い質しをする前に、杉尾は村の百姓に問いかけた。

「高岡藩が酒を買い入れた先月の十三日もしくは前日の十二日に、田原屋の番頭紀助と浪人者が村に現れなかったか」

これを訊くのは、紀助が酒の買い入れを知らなかった桑吉を誑《たぶら》かして、二升を喜多村に持って行かせたのではないかと考えているからだ。紀助はその段階では、田原屋からの指図の文を受け取っていたと見立てた上でのことである。

沓澤や桑原の意を受けた塚田と小野瀬が田原屋を訪ね、文を出させたのは、おそらく十日あたりだろう。となると、文は十二日の昼には紀助の手に渡る。高岡藩を陥《おとしい》れるつもりで、紀助が桑吉を唆《そそのか》し二升の酒を喜多村へ持って行かせたのならば、定信に繋がる沓澤や桑原の企みとなる。

「田原屋を通して指図をしていたとなれば、定信らはこの件には触れられなくなりますね」

「そうだ。沓澤や桑原も、触を承知で売らせたことになるからな」

杉尾と橋本の使命は、それを明らかにすることだった。紀助と浪人者は、山小川村でどのような動きをしたのか。

「さあ」

一人目の百姓は気がつかなかった。また高岡藩が酒を買おうとしていたことも、そのときは知らなかった。

「酒にまつわる触については、五郎左衛門さんから聞いていました」

村の小前たちは、屋敷に呼ばれたのである。

「そのときに、桑吉は来ていなかったな」

「来ていませんでした。風邪を引いたと聞きましたが」

二人目三人目も、紀助らを見ていなかった。しかし傍にいた三人目の女房が、首を傾げた。

「その頃に、商人と浪人者を見かけたような気がします」

今となっては、半月以上も前の話だ。自信はないらしい。

「はっきりさせたいですね」

曖昧《あいまい》な話では、言い逃れをされてしまう。さらに訊いてゆく。

「見かけたような」

と告げる者が他に三人いた。やはり日にちは、はっきりしない。

「あれは、十二日でした。用があって、生実藩の陣屋町へ出かけた日でしたから、間違いありません」

見かけたと断言した者が一人だけいた。道ですれ違ったのである。紀助は菅笠を被っていたが分かった。浪人者が一緒だった。

それから橋本は、杉尾と共に桑吉の住まい近くの家へ足を向けた。田圃のまだ緑の稲が、風を受けて小さく揺れている。

赤子を背負った婆さんがいて、杉尾が声をかけた。桑吉の家が、庭からよく見えた。鶏《にわとり》のこっことという鳴き声が、どこかから聞こえた。

ここでは顔を見たかだけでなく、江戸の商人が桑吉の家を訪ねなかったかと尋ねた。

「いえ、来ていませんでした」

婆さんは少し考えてから答えた。

「では、誰も訪ねて来なかったのだな」

と橋本が訊いた。

「そういえば、常作《つねさく》さんが来ていた気がするが」

しばらく首を捻ってから返した。常作とは、同じ山小川村の小前だとか。

それから橋本と杉尾は、桑吉の家を訪ねた。

夫婦と上の倅は田に出ていて、十歳くらいの娘が幼子たちを遊ばせていた。どこの田にいるか聞いて、そこへ出向いた。

「こりゃあ」

桑吉は杉尾の顔を見て、慌てた表情になった。後ろめたさのある顔だと、橋本は感じた。

「先日の酒の件について尋ねたい」

「へい」

逃げるわけにはいかないからか、桑吉は肩を落として頷いた。

「関東郡代から、役人が来なかったか」

「村垣丙右衛門様という方が見えました」

「やはりな」

名主の五郎左衛門も一緒だった。公式な調べをしていったことになる。村垣とした問答の内容を話させた。

「二升の酒を持ち込んだことを、知った上での問いかけだったわけだな」

「さようで」

「村垣殿は、どこでその方の酒のことを聞いたか申したか」

「いえ、そのようなことは」

言わないだろうと思ったが、念を押したのである。田原屋から聞いた沓澤が、定信に伝えたのは間違いない。

定信の命ならば、関東郡代の伊奈忠尊は慌てて配下を寄こしただろう。

「その方は、高岡藩が酒を買い入れる話を、誰から聞いたのか」

「常作からです」

前日に、訪ねて来たと話した。

「江戸の酒問屋の番頭から聞いたのではないのか」

杉尾が厳しめの口調で言うと、桑吉は一瞬驚きの表情になった。けれどもすぐに、首を横に振った。

「い、いえ。そんなことはありません。あの日は酒問屋の番頭とは、会っちゃあいませんでした」

「常作は、わざわざ酒のことを知らせに来たのか」

「そうです」

「親しい間柄だったのか」

「特に親しいというほどではありませんが、同じ村の者ですから」

それなりの付き合いはしていたとか。

「なぜわざわざ、伝えに来たのか」

「それはおれが、銭を欲しがっていると知っていたからだと思います」

「酒に関する触について、常作は何か言ったか」

「いえ。聞いていたら、売りには行きませんでした」

これは本音らしい。わずかに体を震わせた。売ったことは間違いないから、どのような裁きがあるか怯えている気配があった。

「常作は、売りに行くように勧めたわけだな」

「そうです。銭になるから行けって」

強く勧められたようだ。

「常作は、自分が拵えた酒を売りに行かなかったのか」

「行きませんでした」

「酒を拵えていなかったのか」

「拵えていたと思いますが、売るのは惜しかったのかもしれねえです」

常作は、触が出ていたことは知っていたはずだ。風邪をこじらせて寝ていたため触を知らなかった桑吉に、それでも酒を売りに行くようにと勧めたことになる。二人は、取り立てて親しい間柄ではなかった。

善意で教えたとは考えられない。

「ふざけた話だな」

橋本は胸の内で呟いてから思いついた。

「常作を唆《そそのか》した者がいるということだ」

何事もなければ、常作は桑吉のところへは行かない。唆したのが何者かは、考えるまでもない。

「常作は、金に困っていないか」

「さあ。困っていたら、自分の酒を売りに行ったと思いますが」

桑吉は、まだ利用されたことに気づいていないのかもしれなかった。

「お、おれは、どうなるのでしょうか」

不安の目を向けた。

「村垣様は、おれがお触《ふれ》を知っていて売りに行ったと疑っているようです」

と続けた。知っていて売りに行ったのと、知らなくて常作に唆されて売りに行ったのとでは、罪の重さが違う。

「知らなかったことは、伝えたのであろう」

「それはそうですが」

村垣がどこまで信じたのかは不明だ。

「どういう裁きをするかは、公儀が決めることだ。高岡藩ではない」

杉尾が答えた。どこか冷ややかな口ぶりになったが、それは腹に「おまえさえ酒を持ち込まなければ」という気持ちがあるからに他ならない。

橋本にしても同様だ。

五

「常作が気になりますね」

「うむ。早速向かおう」

橋本の言葉に、杉尾が頷いた。すでに薄暗くなっていたが、明日に延ばす気持ちはなかった。

「常作とは、どのような者ですか」

杉尾に尋ねた。

「桑吉よりも持っている田は少ないが、小前だ」

「暮らしは」

「子どもが二人いるだけで、病人もいない」

暮らしに困っているほどではなさそうだ。ただ杉尾にしても、それくらいのことしか分かっていなかった。山小川村はほぼ天領といってよいから、高岡藩はほんの少しばかり関わるだけだ。

「待てよ」

一度首を捻ってから、思い出したように続けた。

「ただ小博奕《こばくち》が好きだという話は聞いたことがあるぞ」

常作の家に着いた。急《せ》く気持ちがあって、橋本は荒々しく戸を叩いた。

「何だ今頃」

不機嫌な声で返答があった。炊飯のにおいが、漏れてきていた。これから晩飯をとろうというところだったようだ。

「ああ、こりゃあ」

杉尾が現れたことに、常作は桑吉よりも大きな驚きを見せた。自分がしたことの意味を、分かっていると受け取った。

「なぜそれほどに慌てるのか。後ろめたいことでもあるのか」

早速杉尾が責めた。

「そ、そうじゃあねえが」

無理やり気持ちを落ち着かせたらしかった。子どもがやり取りを見ている。外へ出て話をした。

「高岡藩が酒を買うことを、わざわざ桑吉に知らせに行ったそうだな」

「へえ」

「強く勧めたと聞いたが、なぜか」

「あいつは、銭に困っていたからですよ」

もう、慌てている様子はなくなっていた。とはいえ、どこか不貞腐《ふてくさ》れた気配が混じっていた。

「その方は、名主五郎左衛門の屋敷へ行って、公儀の酒の扱いについての触は聞いていたはずだ」

「まあ」

「それを桑吉には伝えなかったというではないか」

「さあ、そうでしたっけ。話したような気がしますが」

「聞いていたら、酒を売りには行かなかったと桑吉は申しておるぞ」

「あいつが忘れたんじゃあ、ねえですかね」

これだと、言った言わないの、堂々巡りになる。あくまでもとぼけるつもりだと見た。

「己は酒を売らず、桑吉にだけ行かせた。企みがあったからであろう」

「何の企みで。おれには何の得もねえんですぜ」

問われたらそう答えろと、誰かに告げられていたような答えだと感じた。

「銭を貰ったのではないか」

杉尾は凄味のある声を出した。

「誰にですかい」

常作は怯まない。

「江戸から田原屋という酒問屋の番頭が、この村にも来ているぞ」

「確かに、前に江戸の酒屋が酒を売れと言ってきたことがありましたがね。でもそれだけではおれが、その田原屋から銭を貰った証にはならねえのではないですか」

もっともな言い分だった。

「しかし腑に落ちぬな」

杉尾が言った。首を一つ傾げてから、問いかけを続けた。

「高岡藩が喜多村で酒を買い入れることは、山小川村には伝えられなかった」

「えっ」

初めて、あからさまな怯えた表情を見せた。

「なのにどうしてその方は知っていたのか」

「そ、そりゃあ、小耳に挟んだもんで」

明らかに目を泳がせた。

「小耳とは、いったい誰からだ。はっきり申してみよ」

言い逃れはさせないという気迫がある。

「ええと、誰でしたっけねえ。ずいぶん前のことなので、よく覚えちゃいませんが」

慌てた気配を見せてから、常作は答えた。

「ふん。都合の悪いことは、すべて曖昧だな」

「出るところへ出れば、それでは通らぬぞ」

杉尾の言葉に、橋本が続けた。

常作は言葉を返さない。返せないということだろう。一度俯《うつむ》いて、それから窺うような目を向けた。

こちらが告げていることに、間違いはない。ただ追い詰めるだけの確かな証はなかった。

「当家でも、改めて調べを行う」

高岡藩でも、このままにはしないぞと伝えたのである。

この日は、これで引き上げた。二人は喜多村の名主総兵衛の屋敷に泊まった。

「常作について、詳しく知る者はいないか」

杉尾は総兵衛に尋ねた。

六

塚田は小野瀬と共に、正午あたりから木挽町の河原崎座の幟《のぼり》の下で、お忍び駕籠《かご》がやって来るのを待っていた。色とりどりの幟が、風を受けて揺れている。河原崎座の絵看板の前には、人が集まっている。人気役者の似顔絵が、いくつも並んでいた。

演目は『伊賀越道中双六《いがごえどうちゅうすごろく》』だ。

寛永《かんえい》十一年（一六三四）に荒木又右衛門《あらきまたえもん》が義弟渡辺数馬《わたなべかずま》を助けて舅の仇河合又五郎《あだかわいまたごろう》を討った事件を脚色したものだ。仇討《あだう》ちの過程を道中双六に見立て、鎌倉《かまくら》から郡山《こおりやま》、沼津《ぬまづ》、岡崎《おかざき》などを経て伊賀上野《いがうえの》の敵討《かたきう》ちで終わる話である。

定信の政策で、色恋物が演じにくくなった。娯楽への制限も大きくなった。座元はそれを踏まえて、仇討ち物を持ってきたのだと分かる。

開演近くになると、客が集まってくる。どこか弾んだ顔つきで、近頃としては派手な身なりだった。小屋が次々に閉じられて、楽しみが減った。まだ開いている河原崎座に人が集まっていた。

弁当や菓子類、酒などの物売りも出ている。芝居茶屋での一服もいいが、多くの者は、桟敷《さじき》席での飲食が楽しみの一つだった。

「質素倹約の触が出ているのを、何だと思っているのか」

小野瀬は腹を立てている。塚田は取り合わず、通りに目をやっていた。若い小野瀬は、かっかしやすい質《たち》のようだ。

昔からの馴染みではない。高岡藩を探るということで知り合った。

昨日、七日市藩の陸尺二人に酒を飲ませて、藩主利以が木挽町の河原崎座へ芝居見物に行くことを聞き出した。

そこで今朝、二人は河原崎座へやって来て木戸番の男に問いかけた。

「大名や旗本も、お忍びで見物に来るのであろうな」

「そりゃあ見えますよ」

大名でも、芝居好きはいるだろう。

「大奥のお偉い方もね」

そこで銭を与えて、肝心なことを訊いた。

「今日も来るのではないか」

と鎌を掛けてみた。

「ああ。それならば花房屋《はなぶさ》さんのお客ですね」

花房屋は芝居茶屋で、上客はそこに上がって一休みしてから小屋に入る。幕間《まくあい》に酒や弁当も食べる。

二人は小屋近くの花房屋へ行った。裏木戸へ行って出てくる女中を待った。現れたところで声をかけた。

「今日は、七日市藩の殿様が見えるな。落ち度のないようにいたせよ」

あえて厳しめの顔にしていた。まともに問いかけたのでは答えないだろうと考えたので、こういう訊き方にした。

「はい。心がけております」

貴人の扱いは、慣れている様子だった。

「これで前田の殿様が来ることは、はっきりしましたね」

小野瀬が目を輝かせた。

「いかにも。我らも一芝居打とうぞ」

三十間堀《さんじっけんぼり》河岸には、強請《ゆすり》やたかりの相手を探そうとふらついている破落戸《ごろつき》や無宿者がいる。人を雇う銭は、沓澤から預かっていた。

塚田と小野瀬は田原屋へ足を向けた。

「よいか、この機を逃すな」

塚田は、紀助と用心棒宇宿原《うすきばら》を呼び寄せて、なすべきことを伝えた。具体的な指図は、二人にやらせる手立てだ。


「では参るぞ」

七日市藩側用人の矢田部兵衛は、お忍び駕籠の陸尺と供侍五人に声をかけた。すでに駕籠には、藩主利以が乗り込んでいる。

向かう先は木挽町の河原崎座だった。

「殿の芝居好きには、困ったものだ」

駕籠脇で歩く矢田部は、胸の内で呟いた。財政逼迫の折、観劇は控えてほしいと前から伝えているが、なかなか聞き入れられない。ため息が出た。

利以は駿府加番《すんぷかばん》の役に就いていたが、今は江戸へ戻ってきていた。九月に交代で再び任に就く。

江戸を離れれば、観劇もできなくなるという気持ちがあるから、今回の河原崎座行きについては反対をしなかった。

「評判の出し物だ。小屋も休座が増えているからな、行けるときに行かねばなるまい」

　利以は観劇に向かうことで、そわそわしている。

「しかしこのままでは」

　藩財政にも、気持ちを向けてもらいたい。

「細かいことを申すな。何とかなるものぞ」

　と返された。この「何とかなる」は、本家加賀藩や、実家の大聖寺藩からの援助をさしている。

「しかしそれも、限界だろう」

　と矢田部は考えていた。

　七日市藩は、もともと藩財政は逼迫していた。不作や野分の災害が重なった。そこで二つの藩から折々援助を得て、どうにか凌いできた。

　利以は大聖寺藩主前田利道の六男として生まれ、跡取りのいなかった七日市藩が養子として迎えた。

　もともと派手好きで芝居好きだとは分かっていたが、長年にわたって支援を受けてきた大聖寺藩からの申し入れもあって、藩主として迎えることを断るわけにはいかなかった。

矢田部は利以の諫《いさ》め役として側近くにいたが、うまくいっていなかった。利以は傲慢な暴君ではないが、大身育ちで我慢が足りなかった。

木挽町に着き、花房屋へ入った。段取りはすでに調えていた。芝居見物は、養子として入って間もない頃からだから、手慣れたものだ。

少しばかり酒を飲み、それから小屋へ入った。

同道するのは矢田部と他に家臣一人だけだ。小屋に入っても、警護があるから芝居には目を向けない。

歓声やため息に気づいたときに、舞台に目をやった。

終わって小屋の外へ出た。矢田部には長い時間だったが、利以は夢中になって観ていた。

「なかなかの名演であった」

利以は満足そうだった。

刻限は八つ半（午後三時）頃になる。茶屋には寄らず藩邸へ戻る手筈だった。利以が駕籠に乗ろうとしたときだ。

「あれは」

家臣の一人が、指をさしながら声を出した。その指の先に目をやると、七、八人の無宿者ふうが、喚声を上げながら駆け寄ってくるところだった。乱れた足音が響いてくる。

明らかに、お忍び駕籠を目指していた。

「何事だ」

家臣たちは身構えた。

「無礼者」

叫びながら、家臣の一人が腰の刀に手を触れさせた。今にも刀を抜こうという勢いだ。

しかし無宿者ふうは、二、三間（約三・六から五・四メートル）のところまで走り寄ってから、そのまま散り散りになって逃げ去った。

これで済んだかと思われたが、新手の無宿者ふう数人が別の方向から駆け寄ってきて、それでまた逃げた。ほぼ同じくらいの人数である。

まるでからかわれているようだ。

「おのれ」

血の気の多い若い家臣が腹を立てて追いかけ、刀を抜いて無宿者ふうの一人に斬りかかった。容赦をしていない。

「うわっ」

背中を斬りつけた。鮮血が散った。

周囲には大勢の芝居帰りの者たちがいた。

「うわあ」

声が上がって、大騒ぎになった。

「急げ」

矢田部は利以を駕籠に乗せ、この場から去らせた。そしてその場に残って、対処をすることにした。駕籠の主が誰かはすぐに分かるから、逃げ出すわけにはいかない。

定町廻《じょうまちまわ》り同心と土地の岡っ引きが駆け付けてきた。

「何事でござろうか」

「見当もつかぬ。徒党を組んだ者が、いきなり押し寄せてきたのだ」

そう矢田部は答えた。

斬られた無宿者ふうは重傷だが、死んではいなかった。他の無宿者ふうは、すべて逃げ去っていた。

矢田部は胸を張って同心と岡っ引きに、藩名と名を告げてから伝えた。

「この者は、無礼を働いたゆえに斬り捨てた」

周りには見ていた者が大勢いた。無礼を働いたのは間違いなかった。ただ大きな騒ぎになったのは、厄介だった。

第四章　公儀の調べ

一

正国の容態は、よくなかった。小さな発作を繰り返していた。そのたびに、顔も体も衰えた。

「病は人の外見を、ここまで変えてしまうのか」

正紀は発作後に見舞って、その変わりように息を呑む。

快復の兆しは、まったく見られないままだ。実際の歳よりも二十歳くらい老けて見える。

心の臓の発作は、よほど苦しいらしい。気丈な正国が、息苦しさに呻《うめ》き声を上げるそうな。

「とても見ていられません」

京が正紀に言った。薬湯も飲みたがらない。やっと飲ませても、戻してしまう。できることは、浮かぶ脂汗を拭ってやることくらいだとか。

今となっては、痛みを和《やわ》らげる手立てはないかと考えるばかりだった。和も心労で寝込むことが多くなった。つまらないことですぐに涙ぐむ。

ただ正国は苦しんでいても、藩の政《まつりごと》や城内の政局には気持ちを残していた。

「定信は、難題を押しつけては来ぬか」

と繰り返し口にした。痛みを堪《こら》えての言葉だ。山小川村の酒の件を、忘れてはいなかった。

「ありませぬ」

穏やかな口調にして正紀は答えた。

「万一の場合の、費えを考えなくてはいけませぬ」

井尻が言った。「万一の費え」とは、葬儀費用という問題だ。勘定頭としては、悲しんでいるだけでは事は収まらない。先々代の正森《まさもり》は達者だが、それ以前の費用の記録を当たってみたらしかった。

「できるだけ控えたいところではありますが、粗末にはできませぬ」

「それはそうだが。酒を売った代金があろう」

正紀はそう返したが、その折の二升の酒が、今は問題になっていた。

「このままでは済まない」

睦群は口にしていた。


暮れ六つの鐘が鳴った後で、正紀のもとへ睦群から呼び出しがあった。気になっていた二升の酒の件だと考えて、急いで赤坂《あかさか》の今尾藩上屋敷へ出かけた。

「尾張の上屋敷で何か聞いてきたのであろう」

他のことでも、重要なことでは呼び出された。睦群の御座所で、正紀は兄と向かい合った。

「当家の処分のことでしょうか」

早速正紀は尋ねた。

「そうではない。前田一門のことだ」

「ほう」

正紀は睦群から、この日に木挽町の河原崎座前であった、前田利以のお忍び駕籠に関わる出来事について聞いた。尾張藩上屋敷には、夕刻になる前にはこの件についての一報が入っていたとか。

「利以殿にお怪我は」

「それはない。だがお忍びとはいえ、駕籠先を汚《けが》されたわけだ」

七日市藩の面目《めんぼく》、という話にもなるだろう。

「何者かが謀《はか》ったような出来事でございますな」

すぐに思いついた。だからわざわざ正紀を呼び出したのだ。

「いかにも。無宿者に銭をやって、襲うふりをさせたのであろう」

睦群は即答した。

「すぐに逃げたとはいえ、命懸けの話です」

「それだけの銭を、与えたのに違いない」

「銭のためならば、何でもする輩でございますな」

斬りかかった家臣の気持ちは、分からなくもなかった。大名家が、からかわれたようなものだ。どこの藩でもそのようなことをされたら、ただでは済まさないだろう。

武士の面目という問題だ。

「他の者は逃げても、斬られた者は捕らえたわけですね」

「そうだ」

「では、事情を聞けますね」

「うむ。だが重傷ゆえ、まだ口を利くことはできぬようだ」

同心や岡っ引きは、逃げた他の者を捜している。

「騒ぎを起こした者たちは、七日市藩や利以殿に、何かの思いがあるわけではないだろう」

七日市藩など、耳にしたこともないのではないか。

「指図した者がいると存じます」

「見当がつくか」

「沓澤や桑原の手の者だと思われますが」

他の者は思い当たらない。ただ証拠がないから、まずは逃げた者を捜すしかなかった。

「その者たちが、破落戸を使うか」

「小野瀬平内と塚田久蔵は、捕らえられて殺されています。小野瀬の息子の丙之進と塚田の弟の三之助は、慎重に事をなすでしょう」

自らは手を汚さないだろうとの見立てだ。

「うむ」

「田原屋が噛んでいるやもしれませぬ」

正紀は、可能性を口にした。無宿者たちの誰かが捕らえられれば、雇った者が誰か口を割る。しょせんは烏合《うごう》の衆だ。

塚田や小野瀬はそれを踏まえて、表には出ないようにするだろう。

「もちろんだ。番頭か用心棒に指図して、人を集めさせたのであろう。己は手を汚さずに済まそうという腹だな」

睦群は腹立たしそうに言った。

「利以殿に危害を加えるつもりは、なかったのでしょうな」

「うむ。家臣は腕利きが五人ついていたそうだ」

いくら無法者でも、初めから斬られると分かっていたら手出しはしない。騒いだところで、すぐに引き上げていった。

「沓澤らは、利以殿にまつわる悶着を起こしたかったわけですね」

「いかにも。芝居がはねた直後ゆえ、周辺には大勢の者がいた。いかにも好都合ではないか」

「無礼討ちではあっても、斬ったとなれば、目立ちまする」

しばらくは城内でも、噂の種になる。もちろん市中でも、話に尾鰭《おひれ》がついて広がっている。当主が怪我をしたという話まで出ているとか。

「まあ町の噂は、しばらくすれば消えるであろうが」

「それはそうでしょうが、七日市藩には厄介な話でございます」

不意を突かれたようなものだ。

「とはいえ前田家に、取り返しのつかない大きな落ち度があったとはいえぬ」

「そうでございますが、何事もなく済みましょうや」

仕組んだ相手はしたたかだ。意味もなくそのようなことはしない。何らかの意趣があるのは明らかだ。七日市藩を嵌めようとしている企みが透けて見える。

「そこだ」

睦群は大きく頷いてから、付け足すように言った。

「お忍びとはいえ、芝居見物に行ったのだからな」

「奢侈禁止の触が出ている中ででございます」

武家は、率先《そっせん》して触に従わなくてはならないと定信は考えているはずだ。心証はよくないだろう。

「無礼討ちは仕方がないにしても、そうなったもとは、利以殿の方にある」

「芝居へなど行かなければよかったわけですな」

「いかにも。しかも家臣たちは、刀を抜く前に未然に防ぐことができなかった」

ご府内での刃傷沙汰《にんじようざた》は、できるだけ避けなくてはならない。避けられなかった点については落ち度になるといった口ぶりだ。

親定信派の大名ならば目を瞑《つむ》るかもしれない。しかし七日市藩は、そうではなかった。落ち度を探していたところだろう。

高岡藩のように減封《げんぽう》の危機とまではないにしても、何もないとは考えられなかった。

「沓澤や桑原は、してやったりと笑っているのではないか」

無宿者ふうが斬られたが、それは痛くも痒《かゆ》くもないだろう。かえって死ねばいいと考えているとも思われた。誰が雇ったのか、死人に尋ねることはできない。

「嵌められましたな」

「まさしく。定信は、前田一門の誰かがしくじりを犯すのを待っていた」

沓澤と桑原が、田原屋を使って仕掛けたという流れだろう。

「亀之助殿の一件の、意趣返しを謀《はか》っているわけですね」

「そうだ」

「これから何をしてくるか、見当がつきますか」

定信に気をつけろと、正国には告げられている。

「思案をしているところではないか。尾張と前田が困る一手を、打ってくるのは間違いない」

睦群の顔には怒りが浮かんでいる。

「怖いのは減封ですが、他にも何かあるかもしれませぬ」

「藩主に隠居を促《うなが》すという手もあるぞ」

「まさか」

「普通ならばありえぬがな、奢侈の禁止については何度も触が出ている」

じっとしてはいられないが、定信や本多ら幕閣の動きが見えない以上、こちらが下手な動きをすることはできなかった。

「ところで、正国様の具合はいかがか」

睦群が話題を変えた。これも気になっていたらしかった。容態については常々伝えているが、心の臓の病は何が起こるか分からない。

「よくありませぬ。一月《ひとつき》持つかどうか」

正直なところを答えた。

「宗睦様も、案じておられる」

実弟が、生死の際にいる。心穏やかではないだろう。これまでも尾張藩の名医と呼ばれる者を寄こし、高価な薬も送ってくれた。しかし薬効《やっこう》は現れなかった。

二

喜多村の名主総兵衛の屋敷で目覚めた杉尾は、橋本と共に同じ村内の小前百姓を訪ねた。ときが惜しいので、村の馬を使って移動した。

昨夜のうちに、山小川村の常作のことをよく知っているのではないかと告げられた者だった。常作とは遠縁の間柄だという。

すでに田に出ていて、畦道で話をした。一面の緑が眩《まぶ》しい。田を風が吹き抜けると、穂先が波打つように見える。

「あいつは、怠《なま》け者じゃありませんがね。ちょっと遊びもしたいやつでして」

中年の百姓は言った。手についた泥を、野良着の袖で拭いた。

「賭け事でもしているのか」

杉尾は返した。

「あいつは月に一度か二度くらいですが、生実《おゆみ》藩のご陣屋近くに出ています」

生実藩は下総千葉《ちば》郡を中心に森川《もりかわ》家が一万石の領地を持っていた。飛び地の喜多村や山小川村からならば、高岡よりも近い場所になる。

「これだな」

杉尾は壺《つぼ》を振る真似をしてみせた。

「おそらく」

百姓が数人集まってする小博奕ではない。場所は生実藩陣屋町の中だとは察せられるが、誰のどういう賭場なのかまでは分からなかった。

「大きく儲けたことがあるのか」

「さあ。大損をしたとも聞きません。よほど親しい相手でなければ、そういうことは話さないでしょう」

そこで杉尾と橋本は、生実藩の陣屋近くへ出向いた。同じ一万石だが、高岡よりは商家が整っている。近郷近在から村人がやって来て買い物をする。とはいっても江戸で暮らす者の目から見れば、鄙《ひな》びた小さな町だった。

旅人の姿も見られた。表通りにいた人足に問いかけた。

「このあたりの、地廻りの親分は誰か」

「里吉《さときち》親分で」

表稼業は、旅人や荷を乗せて運ぶ馬子《まご》の親方だった。

「賭場に集まるのは、どういう者たちか」

「陣屋町の商人や近郷の百姓、旅人を相手にしています」

そこで里吉の子分の一人を教えてもらった。日頃は馬の轡《くつわ》を取って、陣屋から宿場の間を歩いている者だ。旅人に、賭場で遊ばないかと声をかける。

厩舎《うまや》へ行くと、馬子が馬に水を飲ませていた。

「山小川村の常作という百姓を知っているか」

と問いかけた。銭を握らせた。

「ええ、知っていやすよ」

月に二、三度やって来るとか。

入り浸っているわけではなさそうだが、賭場への出入りは、四、五年前あたりからだという。

「大きく賭けるのか」

「いや、てえしたことはねえが」

「では借金などはないのだな」

「そうでもねえ」

鼻で笑ってから続けた。

「あいつ、六月の終わり頃に、ちょいと儲かったんですよ。それで調子に乗りやがった」

「大きく賭けて、負けたわけだな」

「そういうことで。いいところで止めておけばいいものを」

常作は二両の借金を拵えていたことを知らされた。

「小前といえども、日銭の入らない百姓としては辛い額だな」

「だいぶ焦っていやがった」

「まあ、そうだろう」

「でもあいつ。ちゃんと返したようですぜ」

まるで不満なような口ぶりだった。

「二両残らずか」

聞いた直後は驚いたが、すぐに得心がいった。

「そうだと聞いたが」

「いつのことか」

「先月の、十五、六日じゃあなかったかね。その前ではなかった」

杉尾と橋本は顔を見合わせた。やはり、といった思いだ。桑吉が二升の酒を売った後のことになる。

「田原屋の紀助から受け取った金子ですね」

と橋本が言った。話を聞く限り、常作が他に二両を作れる手立てがあるとは考えられなかった。

「それで賭場の借金は返せましたが、桑吉を売ったことになりまする」

何事もなければそれでいいが、裏があった。公になれば桑吉は罰せられる虞《おそれ》がある。何事もなくて、二升の酒を売らせるだけで二両を得られるわけがない。

「紀助は、よほど強く押したのだろう。二両というのは大金だ。常作はそれに目が眩《くら》んだわけだな」

「そうですね。用心棒の宇宿原が、刀で脅したかもしれません」

江戸からの指図があれば、紀助は何でもしたに違いない。そして常作は追い詰められていた。

借りた金は、返せなければ利息が利息を生む。ぼやぼやしていたら、親から継いだ田畑を手放さなくてはならなくなる。

「触のことを桑吉に伝えなかったのも、それならば得心がゆくぞ」

「となると桑吉は、やはり触を知らずに、ただ銭が欲しくて売ったとの見方になりますね」

これで山小川村へ戻り、桑吉と常作に当たることになる。ここで橋本は思いついた。

「金を返すにあたって、紀助らはその場にいたのでしょうか」

「どうであろうか」

そこまで面倒は見ないにしても、紀助らはどこかに泊まっていたはずだ。杉尾と橋本ならば、高岡領内では、名主などの屋敷に泊まることができる。しかし一介の商人では、それは難しそうだ。

「生実の町には、旅籠はありませぬか」

「一軒だけあるぞ」

橋本に言われて、杉尾は思い出した。陣屋町へは、何度か顔を出している。

「では参ろう」

鄙びた旅籠だ。とはいえ他にはないので、それなりに旅人は使うらしかった。敷居を跨いで、居合わせた主人に問いかけた。

「先月の中頃に、江戸からの商人と浪人者が泊まっていなかったか」

「はて」

覚えていない様子なので、宿帳《やどちょう》を検めさせた。紙をめくって指で文字を追い、顔を上げた。

「お泊まりでした」

「どれ」

示された宿帳には、江戸深川一色町の田原屋紀助と名が記されていた。市原郡内の村へは、この旅籠を起点にして動いていたと察せられた。

「紀助のもとへ、百姓が訪ねて来たことはないか」

「そういえば、一度ありました」

名乗ったはずだが、主人は覚えてはいなかった。

「顔を見れば分かるか」

「たぶん」

主人は答えた。

「他に訪ねて来た者はいないか」

「ありません。一人だけでしたね」

桑吉は、来ていないようだ。

三

紀助を訪ねた百姓が何者か、これははっきりさせなくてはならない。常作だと見当はつくが、決めつけるわけにはいかなかった。

「山小川村まで出向いて、旅籠へやって来た百姓の顔を確かめてもらいたい」

杉尾は旅籠の主人に頼んだ。

「ええっ」

旅人が来るにはまだ間のある刻限だったが、いかにも迷惑そうな顔をされた。高岡藩御用の旅籠ではない。

「いろいろと用事がありまして」

馬で送り迎えをすると告げたが、「行く」とは言わなかった。面倒なことは避けたいのだろう。

「どうしましょう」

「まあ、なんとかしよう」

杉尾は生実藩士に知り合いがいたので、その藩士を陣屋に訪ねた。

「ちと頼まれてほしい」

詳細は伝えないが、藩の仕置きには大事なことだと伝えた。藩士は気さくに、旅籠まで同道してくれた。

「仕方がないですね」

主人は生実藩士に命じられて、渋々といった表情で付き合うと言った。すぐに馬に乗せた。

山小川村の田圃まで行って、常作の顔を見させる。馬を急がせたので、主人は降り立ったとき体がふらついた。

常作は田仕事に精を出していた。やや離れていたが、主人はじっくりと目を向けた。

「あの人です。紀助さんを訪ねて来たのは」

目を凝らしていた主人は、証言した。その折の場面を思い出したようだ。

「部屋で酒を取って、旅人の方が振る舞っていました」

常作はその後に、賭場の借金の二両を返している。

「紀助から受け取ったに違いないな」

そして違う田圃に移った。桑吉の顔も見させたのである。

「あの人は、見覚えがありません」

「ならばそれでよい」

杉尾は頷いた。面通しを済ませた主人は、村の者が送り返した。

「田原屋は、沓澤や桑原と繋がっています」

「うむ。紀助はその指図を受けて、常作を金で誑《たぶら》かしたという話になるな」

「となると、高岡藩の落ち度ではなくなりますね」

杉尾の言葉に、橋本が返した。目に輝きがある。

すぐに常作がいる田圃へ行った。畦道へ呼び寄せた。杉尾と橋本が再び現れたことには、驚いた様子だった。

「その方、先日は謀《たばか》りを申したな」

杉尾は、決めつけるような強い口調で言った。

「な、何を仰《おお》せになりますか」

慌てているのは間違いない。唾《つば》を飛ばしながら答えた。指先が震えている。目に怯《おび》えがあった。

「喜多村へ酒を運ぶ前日に、生実藩の陣屋近くの町に出て、旅籠で田原屋の番頭紀助と会っていたではないか」

「まさか、そのような」

激しく首を横に振った。

「とぼけるな。酒を振る舞われたことは、分かっているぞ」

「いや、それは」

満足な返答ができない。そこまで知っていることに仰天したようだ。

「それだけではない。その方、生実の陣屋町の地廻り里吉の賭場で、二両の借金を拵えていたというではないか」

「ま、まさかそのようなこと」

顔や首に汗が噴き出している。

「賭場に出入りしていた者から聞いたのだぞ」

その者を連れてくることもできると告げると、顔を引き攣らせた。

「では返した二両を、どこで手に入れたか、申してみよ」

「それは」

答えられない。

「紀助から受け取ったのではないか」

「違う。拾ったんだ」

「馬鹿なことを申すな」

杉尾は常作を殴りつけた。もう少しまともな言い訳をしろという気持ちだ。

「紀助から受け取ったのは間違いない」

「そんなやつとは、会っちゃいねえ」

「旅籠の主人は、その方の顔を確かめた上で、来たと証言しているぞ」

「ええっ」

驚愕《きょうがく》の表情になった。すでに面通しを済ませたことを伝えた。

「その方は触を知らない桑吉を誑かし、高岡藩に隠造の酒を売らせたのだ。紀助から二両の金子を得てな」

「ち、違う」

「認めぬのならばそれでもよいが、このことは関東郡代に伝えるぞ。証拠は揃っているのだからな。その方が認めようが認めまいが、どうでもよい」

「…………」

「正直に申せばよいが、このままではただでは済まぬ。公儀の触に、逆らったわけだからな」

首が飛ぶだけでは済まないと脅した。

「その方には女房と子どもがおるな。その方が死罪になって田畑を取り上げられた後、女房子どもはどうやって過ごすのか」

　ここまで言われると、常作は体を震わせるばかりだった。

「罪を軽くする手立ては、一つしかないぞ」

　杉尾は、今度は優しい口ぶりにして告げた。常作は体を震わせながら、縋《すが》るような目を向けた。

「ど、どうすればいいんで」

　肩を落とした。逃げ切れないと察したようだ。

「村垣殿が沙汰を下す前に、その方から郡代屋敷まで出向き、事の次第を正直に申し述べるのだ」

　ひとたび沙汰が下されてしまったら、変えることはできないと伝えた。

「で、でも」

「しょせんは二升の酒のことだ。犯した罪を認めてすべてを話せば、命や土地を取ることまではあるまい」

　江戸の郡代屋敷まで、同道してもよいと付け足した。

「分かりました」

　涙目になった常作は頭を下げた。桑吉を騙すのは忍びなかったが、他に金を作る手立ては思い浮かばなかったと言い足した。

「あいつには、済まねえことをした」

それから杉尾と橋本は、桑吉に会った。

「常作がその方を騙したと、白状したぞ」

「まことで」

ほっとした顔だ。杉尾は、今常作としてきたやり取りの内容を教えた。

「あいつ、銭に困っていたわけですね。でも、おれを騙すなんて、酷い話だ」

杉尾は、常作が詫びていたことを伝えた。

「ではもう、咎めはないと」

桑吉は、安堵《あんど》の顔をした。

「いや、そうではない。このままでは、二升の酒を高岡藩に売ったことに変わりはない」

「さ、さようで」

青ざめた顔になった。

「黙っていては、真実は伝わらぬ」

「それはまさしく」

「常作と共に江戸の郡代屋敷へ参るがよかろう。あったことを、そのままに伝えるのだ」

「おれと常作だけでですか」

怯《ひる》む気持ちがあるようだ。桑吉にしたら、関東郡代は雲の上のような存在なのだろう。

「我らも同道いたす」

と告げると、怯えが少し消えた。

「少しでも早い方がよい」

杉尾は、明日には村を出ると伝えた。常作と桑吉は同意した。

江戸へ呼ぶことは、正紀や佐名木と打ち合わせていたことだった。田原屋や沓澤らに、余計な細工をさせないためだ。やつらはまだ、この展開に気づいていない。

杉尾はこの日のうちに、事の次第を文にしたものを、江戸の正紀のもとへ急ぎ運ばせた。山小川村の名主五郎左衛門にも伝えた。

四

七日市藩側用人矢田部兵衛は、配下の藩士一人を連れて、木挽町の河原崎座の前に立った。役者の名を記した幟《のぼり》が、秋の風を受けてはためいている。

昨日は前田利以のお忍び駕籠に対して無宿者が無礼を働き、藩士が一人を斬り捨てるという事件があった。それで大騒ぎになったが、今日は何事もなかったかのように、老若の人々の姿があった。

芝居を楽しもうと駕籠で出向いてきた者や、茶屋から芸者を連れて小屋入りをしようとする旦那衆の姿がある。また看板だけを見ようという野次馬ふうや強請《ゆすり》でもしようかと目を光らせる破落戸ふう、飲み食いの振り売りなどが集まってきていた。

いつもの芝居小屋の前の景色だ。木戸番が拍子木を鳴らして、開演を知らせる声を上げ始めた。

「しかし昨日は、肝《きも》が潰れました」

「まったくだ」

配下の言葉に、矢田部は頷いた。腹立たしさと苦々しい思いが、胸中に満ちてくる。

「あやつらは、わざわざ人の多いところで騒ぎを起こしました」

「まことにな」

巷《ちまた》では、藩の名こそ挙げられていなかったが、騒ぎを告げる読売まで出ていた。

昨日は屋敷に戻った後、本家加賀藩前田家や利以の実家である大聖寺藩から使者が来て、事情の説明を求められ、叱責に近い苦情を告げられた。

「その方がついておりながら」

「いや、いかにも」

騒動は、その日のうちに定信や老中衆の耳に入った。聞き流されることはなく、老中たちは何かの処置をするつもりで動いている気配だと知らされた。

幕閣はことのほか、騒動を重視している。だから本家も利以の実家も、事情を知ろうとしたのである。

「そもそも逼迫する藩財政の中で、芝居見物とは何事でござろう」

「いかにも」

本家や実家の責めは厳しかった。

江戸や国許の御用商人から金を借りているだけでなく、藩札《はんさつ》を出して領内の農民からも金を出させていた。いつかは換金しなくてはならないが、それができないまま今に至っていた。

　その額は、しめて四千両ほどになっている。一斉に交換を求められたら、藩財政は破綻するのは明らかだった。

「七日市藩には、人がおらぬのか」

　利以を責めるだけではない。きつい言葉だ。矢田部は頭を下げるばかりで、返答ができなかった。

「かくなる上は、何があっても、もう助力はできませぬぞ」

　とやられた。

「減封もあるのでござろうか」

　これが何よりも痛かった。それをやられたら、一万石の所帯では大名ではなくなる。多くの藩士を浪人にしなくてはならない。

「さあ、なければよいがな」

　本家からの使者も、利以の実家からの使者も、返事は冷ややかだった。これまでは迷惑そうな表情になっても、どこかで力を貸そうという気配があった。けれども今回はそれを感じない。

「どうしたものか」

矢田部は河原崎座の風に揺れる幟を見上げながら、ため息を吐いた。

言い返すこともできず本家や実家からの苦情を聞いたが、矢田部は利以に対して、その贅沢癖《ぜいたくへき》を座視してきたわけではなかった。忠告を繰り返してきていたのである。

また利以には贅沢癖があったが、暗君でも暴君でもなかった。

藩の事情も分かって慎んできていたが、脇が甘かった。

九月に駿府加番に出ることになっていたので、芝居の見納めをしておきたいという意向があった。しばらくは江戸を留守にする。その前に、ぜひ見ておきたいと告げられたのである。

「仕方がない」

そう考えて段取りをつけたが、それが厄介なことになった。

「公儀から、何かしらの沙汰があるであろう」

使者として来た本家の重臣は、そう言い残して引き上げた。

利以は、本家や実家から叱責を受けて青菜に塩といった状態になっている。騒動になったことには、驚きを隠せない様子だった。「何かしらの沙汰」というのも不気味だ。

「それにしても」

矢田部は考える。

「あの騒動は、偶然ではない」

何者かが仕組んだという判断である。意識が戻らない重傷の無宿者ふうからは、まだ話を聞けないでいた。

定町廻り同心や土地の岡っ引きは逃げた無宿者を捜しているが、まだ捜し出せていなかった。

やつらは散り散りになって逃げていった。人ごみに紛れてしまったら、どうにもならない。無宿者は、どこの盛り場へ行ってもたむろをしていた。

無宿者が、藩や利以を恨むなどはありえない。利以を窮地に陥《おとしい》れたとしても、無宿者には何の利益もない。

ただ指図する者がいたら、その者には意味があるはずだった。

同心や岡っ引きも調べているが、矢田部としては任せ切りにするつもりはなかった。己も何かの手掛かりを探り出そうと考えて、この場へ足を向けてきたのだ。

「昨日騒動を起こした者たちだが、このあたりでよく見かける顔だったのか」

近くで騒動を見ていたという甘酒売りに問いかけた。

「いえ。このあたりでは、見かけないやつらでした」

驚きのあまり、身動きできなかった。ただ男たちの顔は見えていた。

「動きに気づいていたか」

「芝居が始まるずいぶん前から、河岸道にたむろをしていて、おかしいなとは思っていました」

このあたりでは、他所の荒くれ者がやって来て、強請たかりを働くことは少なくない。絡まれては面倒だから、警戒をしていた。定町廻り同心や土地の岡っ引きも廻ってくるが、やつらはいなくなったところであれこれ仕掛けてくる。

「しかし何もしなかったわけだな」

「そうです。いただけです。でも騒ぎを起こしたときは、ああやっぱりと思いました」

一人や二人ではなく、人数が多かった。どれも目つきが悪かったので、不気味だったと言い足した。

利以が、芝居見物を終えて小屋から出てくる、それを待っていたのだ。

「その男たちに、近づいた者はいなかったか」

「さあ」

甘酒売りは、ずっと見続けていたわけではなかった。客の相手をした。次は葦簀掛《よしずが》けの茶店の女房に問いかけた。

「ここには、いろいろな人が来ますからねえ」

やはり怪しげな者はよく現れた。気にもしていなかった。

さらに芝居の番付売りをしている爺さんに声をかけた。爺さんは、男たちが姿を現したところを見ていたと言った。

「あいつら、別々に来たんじゃなくて、一緒にここへやって来ました」

これは新しく耳にする、無宿者たちの動きだった。

「男たちは、何か話をしていたか」

「それが、あまり話をしていなかったようで」

「ほう」

「仲がよさそうには感じませんでした」

よそよそしさがあったとか。前からの知り合いではなく、どこかで別々に集められた者たちだと察せられた。

「近づいた者はいなかったか」

「そういえば、浪人者が何か声をかけていた気がしますが」

長い間ではなかった。

「浪人者か」

まともな者とは思えないが、七日市藩が浪人者に騒動を起こされるいわれはない。気にも留めなかった。

物売りだけでなく小屋の木戸番や客待ちをしている駕籠舁《か》き、看板見物に来た者たちにも問いかけた。

「あいつらがやって来たのは、汐留橋《しおどめ》の方からだったと思いますが」

団子の振り売りをしていた爺さんが言った。

そこで矢田部は、汐留橋周辺でも聞き込みをした。しかしこれぞという手掛かりになるような話は聞けなかった。

芝居小屋の前だけでなく、人通りの多いこのあたりにも、目つきのよくない無宿者や浪人者などが、毎日のように現れるとか。

ただ七、八人が集まったのだから、どこかに気づいた者がいるはずだった。

汐留橋下の船着場で、小舟に青物を載せて売る百姓の姿が見えた。そこで声をかけた。

「毎日来ているのか」

「へい。昨日も来ました」

朝採れた青物を運んできて、ここで売っている。昨日も九つ（正午）過ぎから、舟を停めて商いをしていたとか。

「何人かの無宿者ふうが集まるのを見ていなかったか」

「そういえば、土手に何人か集まっていましたね」

少しずつ増えて、七、八人くらいになったとか。

「まとまって、ここから離れたわけだな」

「そうです」

「指図をした者はいなかったのか」

「気がつきませんでしたけどね。でもそういえば、浪人者が男たちの一人と話をしていました」

「話をしていただけか」

「まあ。浪人者が、男たちを連れて行ったのかもしれません」

それならば、小屋近くの河岸道で話しかけた浪人者がいた。

「顔を覚えているか」

「何となくですが」

「ううむ」

浪人者というのが腑に落ちない。ここまでで二人の者が、無宿者の一人と話をする姿を見ていたことになる。

「関わりがあるとすれば、その浪人者も雇われていると見られるな」

「相手は、慎重ですね」

矢田部の言葉に、配下の者が応じた。とはいえ浪人者の動きが理解できない。芝居小屋の近くまで引き連れていったのならば、指図をしていたことになる。

浪人者の特徴を訊くと、四十歳前後で荒《すさ》んだ気配のある者だったとか。

「それを捜すしかないか」

とはいえ、捜す手掛かりはない。その年頃の浪人者など、いくらでもいるだろう。雲を摑むような話だった。

五

同じ日の昼下がり、沓澤屋敷に桑原と塚田、それに田原屋三郎兵衛、紀助が姿を見せていた。紀助は部屋の隅に控えている。

障子《しょうじ》を開けているので、爽《さわ》やかな秋の風が吹き抜けた。暑くも寒くもない。空からはノビタキの鳴き声が聞こえてきた。

「その方、なかなかやるではないか」

「いえいえ、いろいろご教示いただいた賜物《たまもの》でございまする」

沓澤の言葉に、田原屋は慇懃《いんぎん》に答えた。

「高岡藩の二升の酒の件は、愉快であった」

桑原が続けた。自然に笑みが浮かんでくるといった様子だ。

「触のことは存じておりましたが、高岡藩に山小川村の酒を買わせるなどは、思いもつかぬことでございました」

「いやいや。その方から、高岡藩が酒を集めていると聞いたからだ」

紀助にとっては、大名家が酒を買い集めるなどという話は聞いたこともなかった。おかしなことととして江戸へ伝えたのである。

源之助らが田原屋を探っているとの知らせを聞いた桑原が、塚田を田原屋へ走らせた。田原屋から高岡領内で藩士らが酒を買い付けているとの話を聞き、一計を案じたのだ。

「知らせの文を出しましたが、喜多村での売り渡しに間に合って何よりでございました」

村の様子を窺っていた紀助は、銭が欲しい桑吉と常作に目をつけた。すぐにも銭が欲しいのは、常作の方だった。

一度は断られたが、二両が欲しいならば生実藩の陣屋町の旅籠に訪ねて来るようにと伝えた。どうなるかと気を揉んだが、常作は旅籠を訪ねて来た。

常作を仲間に引き入れたのは、紀助の働きがあったからだ。すぐに常作は、桑吉の家へ出かけた。

「迅速《じんそく》な動きで、何よりであった」

桑原が紀助に声をかけた。

「ははっ」

紀助は両手をついて頭を下げた。

「上《うえ》つ方《かた》も満足しておいでであった」

定信ら幕閣をさしている。段取りよく事が運ぶと、定信の機嫌はよくなる。沓澤は面目を施すことができた。

「明日にも、大目付が動くようだ」

「上つ方のお指図ですな」

「もちろんでござる」

「高岡藩も、いよいよ追い詰められますな。宗睦殿の苦々しい顔が、見えるようでござる」

沓澤の言葉に、桑原が応じた。

「して、山小川村の百姓の口は、堅いのであろうな」

田原屋に目を向けて、沓澤が念押しをした。ここが肝心なところだからだ。田原屋を経て、沓澤や桑原にまで繋がることが明らかになっては、元も子もなくなる。天領の隠酒《いんしゅ》を、売るように唆《そそのか》した罪となる。高岡藩を責めるどころの話ではなくなるだろう。

「二両を与えた上で、明らかになれば己の首が飛ぶと脅してあります」

「なるほど。しかし何かあったら、迷わず斬り捨てよ」

沓澤は迷いのない口調で告げた。たかが百姓一人の証言のために、企みを潰《つい》えさせてしまうわけにはいかない。

「使うに恰好の浪人者を、飼っておりまする」

沓澤の言葉に、田原屋が口元に笑みを浮かべて答えた。

「腕利きか」

「もちろんでございます」

浪人者にやらせるのならば、手間はない。面倒なことになったら消してしまえばい。虫けら同然の者だ。

「うまくいけば、地廻り酒だけでなく、下り酒も扱えるようになるぞ」

「ありがたいことで」

「白河藩や泉藩の御用達にもなれるのだからな」

桑原は尊大な口ぶりになった。どちらも老中の御家で、商いの上では大きな利点になる。店の格も上がる。

「何をおいても、万全を尽くしまする」

田原屋と紀助は、改めて頭を深く下げた。

「これで高岡藩の減封は間違いなかろうと存ずる」

「たとえ一石や二石の減封でも、大名ではなくなりますな」

「いかにも」

それが沓澤や桑原には、愉快でならないのだ。定信からの覚えがよくなるという計算もある。

「さらに七日市藩の利以の芝居小屋前での騒動も、上出来であった」

「芝居好きということも、伺いました」

沓澤の言葉に、田原屋が続けた。その日の観劇については、塚田と小野瀬が調べてきた。詳細は、昨日のうちに沓澤と桑原に伝えられている。

無宿者を雇い、実行の指図をしたのは紀助と宇宿原だった。

「銭が欲しい無宿者や破落戸は、いくらでもおりまする」

田原屋は嘲笑うように言った。

「お忍び駕籠に襲いかかる真似だけすればいい。すぐに逃げてかまわないと告げておりました」

紀助の言葉だ。名も告げず、木挽町の芝居小屋から離れたところで人を集めた。銭のやり取りがあっただけの間柄だと付け足した。

「あくまでも、命知らずの無宿者らがしたことでございます」

田原屋は、騒動が沓澤や桑原には繋がらないと告げていた。

「大怪我をして捕らえられ、医者にかかっている者がいると聞いたが」

「亡くなればそれでよし。たとえ生き延びたとしても、そやつには、こちらがどこの誰とも分かりませぬ」

紀助にも繋がらないと、田原屋は言っていた。

「では治って口が利けるようになっても、何も言えぬな」

「そういうことでございます」

自信のある口ぶりだった。

「七日市藩も、ただでは済まぬでしょう」

桑原が、話を元に戻した。

「いかにも。こちらは減封とまではいかぬであろうが、何しろ憎《に》っくき前田一門でござるゆえな」

桑原の言葉に、沓澤が不敵な笑みを浮かべて応じた。七日市藩が罰せられるのは、前田本家にとっても不名誉なことだ。

沓澤は事のあった直後に、定信に伝えている。

「どのような仕儀と相成るか」

「上つ方は、それなりに考えておいでであろう」

二人は顔を見合わせて嗤った。

「これからも、お役に立たせていただきます」

田原屋が言い足した。

六

翌日、高岡藩上屋敷では正紀と佐名木が、訪ねて来た二人の侍と対峙《たいじ》していた。大目付配下調べ役榊原甚八郎《さかきばらじんぱちろう》と書記役の侍である。庭に面した十六畳の客間だ。公式な訪問ではなく、下調べといった類《たぐい》のものだった。

とはいえここでの発言は記録され、後の仕置きの際の判断の基準とされる。重いものだと分かっていたから、正紀も佐名木も心してかかった。榊原も威儀を正し、大名を相手にしても少しも怯んだ様子はない。

「天領である山小川村の百姓の桑吉なる者より、隠造の酒二升を買い入れたのは、間違いのないことでござるな」

まずこの確認から始まった。榊原の物言いは丁寧だが、眼差しは鋭かった。こちらの非を糺《ただ》そうとする気持ちが伝わってきた。

佐名木は大目付の配下を務める者については、あらかじめ調べを入れていた。榊原は小さな事実を丁寧に積み上げ、事の核心に迫る切れ者だとの評判があった。能吏《のうり》ということだ。

「山小川村は、当家も年貢を徴収している村でござる」

佐名木が応じた。ただ年貢は村の農民一戸ずつから個別に集めるのではなく、村単位で一括して徴収する。桑吉が高岡藩の領民だと、決めつけることはできなかった。

公儀が年貢の大半を占めることは分かっているから、一応口にしたといった程度だった。

天領という認識は覆《くつがえ》せない。高岡藩の方がついで、というのが正直なところだ。

天領の村の隠造の酒であることは、ごまかしようがない。

少量だということも、それを承知で来ているわけだから、あえてこちらからは口にしないと決めていた。

「桑吉は触を知らず、高岡藩領の百姓として酒を持ち込んだものでござる」

「それはおかしい」

榊原は即座に返した。そのまま続けた。

「天領の百姓でもござる。触を知らなかったなど、言い訳にはなりますまい」

村名主の失態だと断じた。こちらは言葉を呑んだ。

さらに榊原は、正紀と佐名木に順に目を向けてから口を開いた。

「高岡藩では、『造酒額厳守』の触を存じていたでござろう。山小川村が、天領の村であるのは間違いない」

反論ができないところで、状況を固めていく。話をするのは初めてだが、切れ者という評判は事実のようだ。このまま押し切られそうだ。

「ただこの件については、桑吉を唆した者がござった」

正紀が告げた。言われっぱなしにはならない。話せることは、すべて伝えるつもりだった。

「それが何か」

榊原の返答は冷ややかだ。触が出ている中で、高岡藩が天領の酒を買ったという問題に、どう関わるのかと返していた。向けてくる目は、取るに足らないことではないかと告げている。

「桑吉を唆した者には、背後に当家を陥れようとした者の企みが潜んでおりまする」

「ほう」

何を言い出すのかという表情になったが、話を聞く姿勢は見せた。苦しい言い訳でも、聞くだけは聞こうという腹らしい。

「当家が天領の百姓より二升の酒を買い入れたことは、紛れもない事実にござる。しかし企みをもって当家に酒を買わせようとした者がいたならば、そこを明らかにせねばなりますまい」

「役目としてでござるか」

「さよう。事の真相をすべて解き明かしたことにはなりますまい」

「ううむ」

榊原は小さく唸った。

正紀の言葉にも、理があると受け取った模様だった。何が何でも、高岡藩の落ち度と決めつける気持ちはなさそうだった。

「企みをもってなした者とは、どこの誰であろうか」

「真相を明らかにするために、当家で調べているところでござる」

それなりに身分のある者だから、軽々《けいけい》には名を出せないと付け足した。

「何と」

榊原は驚いた様子だった。この一件には背景がある。高岡藩が、単に触にかまわず二升の酒を少量と見て買い入れた話ではないと知らされたことになる。

「明らかになり次第、関東郡代にお伝えいたす所存でござる」

「それを踏まえて、当家へのご裁定をお願いいたしたい」

正紀の言葉に、佐名木が続けた。

身分のある者とは、白河藩に連なる旗本沓澤と泉藩本多家の側用人桑原に他ならないが、どちらも老中の身内であり配下となる人物だ。その関与が明らかになれば、定信や本多は高岡藩だけを責められなくなる。

このことは、正紀と佐名木が事前に打ち合わせ、睦群を通して宗睦にも伝えられていた。

「厳正な処分をせよと、尾張は圧をかけるであろう」

睦群は言った。片手落ちの仕置きをするなと、声を上げるとの意味だ。

定信らは高岡藩井上家の減封を行い大名からの降格を検討していると踏んでいた。けれども身分のある者の企みが潜んでいるとなれば、事情が変わる。

ましてやそれが沓澤や桑原ならば、定信や本多は、手加減をしなくてはならなくなるだろう。

高岡藩の背後には尾張がいる。定信や本多に忖度《そんたく》して一方的な処分を下せば、ただでは済まさないと伝えたのだった。

ただ二升の酒の件はどうにもならないから、それなりの仕置きは覚悟をしていた。向こうにしてみれば、せっかくの好機だ。定信らも何かはするだろう。

しかし大名でなくなる減封だけは、避けなくてはならない。

「分かり申した」

話を聞いた榊原は応じた。榊原は、事情を呑み込めないような愚かな者ではない。

ただすぐに問いかけてきた。

「してそれが明らかになるのは、いつでござろう」

長くは待てないと、顔に書いてある。

「数日のうちに」

「さればその件を、上にお伝えいたそう」

それで榊原は引き上げた。

「こうなると杉尾と橋本には、何としても事を明らかにさせねばなりませぬな」

佐名木が言った。

第五章　新たな暗雲

一

途方に暮れた矢田部だが、昨日に引き続き配下を伴って木挽町の河原崎座の前へやって来た。

「この場所にだけは、まだ何かの手掛かりが残っている」

そう信じることにした。

今日も小屋の前には幟が上がり、多数の人が出ていた。

利以は、今朝がた本家に呼ばれた。不安そうな顔で出向いていった。今頃は油を絞られていることだろう。

ただ問題はそれだけでは済まない。公儀によって、七日市藩前田家に何か厄介な沙汰が下されるという話が耳に入ってきていた。

「とんでもない話だ」

不正をなしたわけではないし、大きな落ち度があったわけでもない。しかし些細なことで難癖をつけてくることはないとはいえなかった。

矢田部は、じっとしてはいられない気持ちになった。利以が油を絞られるのは、当然のことだ。

直面する問題は、それではなかった。河原崎座前の、騒動についてである。

「何者かの意図があってのことだ」

という気持ちは変わらない。事前に騒ぎを抑えられなかったことは今さら悔いても仕方がないが、襲撃の背後に何があったか、それを明らかにしないわけにはいかない。

あのとき襲ってきた者たちは二組あった。一組は汐留橋の方からだった。これには昨日当たった。もう一組はどこから来たのか。

はっきり摑めていなかった。

他の供侍もいきなりのことで、どこから現れたか分かる者はいなかった。湧いて出てきたようにしか思えない。

誰も予想をしていなかった出来事だ。

そこで今日は、調べをしていないもう一組の方を確かめることにした。他に調べる手立てもなかった。

昨日とほぼ同じ者から訊いてゆく。

「そういえば、二つの無宿者ふうの塊が騒ぎを起こしていたような」

はっきりしない者が多かったが、覚えている者もいた。

「そういえばもう一つは、確かあちらの方から」

甘酒の振り売りは、指をさした。三十間堀の河岸道を、京橋川方面から現れたというものだった。さらに訊いて、他にもそう証言した者が現れた。

そこで矢田部と配下は、河岸道を歩きながら商家の小僧や屋台店の親仁《おやじ》などに問いかけた。

「そういえば、無宿者が七、八人集まって歩いて行くのを見ました」

と答える者がいた。何かされるのではないかと、気味が悪かったので覚えていたそうな。浪人者はいない。

京橋川とぶつかる少し手前、三十間堀の紀伊国《きのくに》橋まで行った。

「橋袂《はしだもと》に、少しずつ無宿者みたいなやつらが集まってきました」

橋近くの釣具屋の主人が言った。何かされるのではないかと、ひやひやしながら見ていた。

どうやら無宿者たちは、ここで集まった気配だった。

「集まった男たちに、何か指図をした者がいないか」

「さあ、どうでしょう」

気にして見ていたが、客が現れればその相手をした。不審な男たちが橋袂にいたのは、四半刻（三十分）にも満たない間だった。

通りかかった豆腐屋の親仁にも訊いた。

「ええ。何かされたら怖いので、近寄りませんでした」

たいした話は聞けなかった。これでは手掛かりを得たことにはならない。

ふと見ると、橋袂に物貰いの爺さんがいるのに気がついた。みすぼらしい身なりで蓬髪《ほうはつ》、汚れた藁筵《わらむしろ》に座って膝前に欠け丼《どんぶり》を置いている。見ると、鐚銭《びたせん》一枚が入っていた。

矢田部は銭三文を、丼に入れた。銭の触れ合う音で、爺さんが顔を上げた。そこで一昨日のことを尋ねた。

「ああ、そういえば集まっていたっけ」

無宿者ふうの男たちのことを覚えていた。

「誰かと、話していなかったか」

「そういえば三十代半ばくらいの、どこかの番頭といった身なりの人が話しかけていました」

「いたか」

商家の番頭というのが、意外だった。その男たちが、駕籠前で騒動を起こしたのは間違いない。

「浪人者と商人か」

新たな者が現れた。それがどう関わるのかは見当もつかない。

「その番頭ふうは、どこから現れたのか」

「ええと、あの蕎麦《そば》屋から出てきた」

物貰いの爺さんは指さした。

矢田部はその蕎麦屋へ行って、中年の女房に問いかけた。

「一昨日の八つ（午後二時）頃のことだ。三十代半ばの歳の商家の番頭ふうが現れたはずだが覚えているか」

「ええと、ああ見えましたね」

女房は答えた。飯時ではないから、店はすいていた。

「でも、見えたときは、一人ではありませんでした」

何かを思い浮かべる表情で言った。

「他にもいたわけか」

「一緒に入ってきて、もう一人は蕎麦を食べて先に出ていきました」

食べながら話をして、番頭ふうだけが残ったのだとか。一人になった番頭ふうは酒を注文し、ちびちびやりながら外の橋のあたりを気にしていた。

「先に出たもう一人とは、どのような者か」

「ご浪人でした」

「そうか」

歳を聞くと、番頭ふうが三十代半ばで浪人者が四十前後だったとか。これで二人が繋がったと考えた。

女房は、妙な組み合わせだったので二人を覚えていた。

「どちらも、初めて来たお客さんでした」

「何か話していなかったか」

「さあ」

矢田部は銭を与え、思い出すよう促した。

「七日がどうしたとか」

しばらく首を傾げてから、女房は自信なさそうに口にした。

「うむ」

番頭ふうと浪人者は、これからの打ち合わせをしたのだろう。七日市藩主のお忍び駕籠に、ふりとはいえ襲いかかるのである。

「他には」

「そうそう、油堀がどうしたとか」

「深川の油堀か」

他は頭に浮かばない。

「はっきり聞いたわけではないですから、何とも言えませんけれどね」

そこに店があるのだろうか。そうではないかもしれないが、他に手掛かりはなかった。それだけでも、思い出したのは大助かりだった。

「すぐに参ろう」

矢田部は配下の侍と共に、深川油堀河岸へ向かった。

「しかし店の屋号も、番頭と浪人者の名も分かりませぬ」

配下の侍が、困惑気味に言った。商う品も不明だ。

「掘割沿いの町を、一つずつ当たってゆくしかあるまい」

何も得られなければ、また振り出しの木挽町に戻って聞き込みを続けるだけだ。

「ははっ」

とはいっても、分かるのは二人の年頃と、おそらく浪人者は用心棒で同じ店にいるということだけである。いや店にはおらず、そのときだけ雇われた者かもしれない。

問いかけることが憚《はばか》られるほど、手掛かりになる内容が少ない。辿り着けるかどうか心もとないが、気持ちは怯んでいなかった。

矢田部らは永代橋を東へ渡り、そのまま歩いて油堀の河口へ出た。掘割を荷船が行き来している。

河岸の町を、大川側の端から当たる。まずは南河岸佐賀《さが》町の自身番《じしんばん》からだ。自身番ならば、商家の事情がよく分かるだろうと考えた。

「三十代半ばの番頭さんがいる店は、何軒もありますが」

詰めていた書役《かきやく》は、あっさりと言った。考えてみれば、そうかもしれない。ずいぶん大雑把な問いかけだ。ただ矢田部の身なりはきちんとしていて供侍も連れているからか、書役の対応は丁寧だった。

「用心棒を置いているお店も、それなりにあります」

四十歳前後の用心棒と三十代半ばの番頭の組み合わせとなる商家は、佐賀町の自身番では聞き出せなかった。そこで木戸番小屋の番人にも同じようなことを尋ねた。自身番に伝えないまま、雇っている店があるかもしれない。

「あそこの用心棒は、二十代半ばですねえ」

指さしたのは干鰯《ほしか》や〆粕なども商う魚油《ぎょゆ》問屋だった。さらに訊くと、一昨日の河岸座前の騒動のあった刻限に、番人はその用心棒の姿を油堀河岸の道で見かけていた。

そのまま隣の加賀《かが》町へ行った。ここも用心棒を置いている店はあったが、年齢が重なるところはなかった。

さらに次は一色町へ行った。

「そういう店ならありますよ」

問いかけた書役は、すぐに頷いた。

「何という店か」

「地廻り酒を商う、田原屋さんです」

番頭は紀助で、用心棒は宇宿原陣伍という浪人者だとか。どちらも年齢は重なる。田原屋は、利根川や荒川《あらかわ》流域から地廻り酒を仕入れて売る店だと教えられた。主人は三郎兵衛で、なかなかのやり手だとか。

「いずれは下り酒も扱うようになるんじゃないですかね」

紀助と宇宿原は、数日前まで仕入れのために江戸を出ていたが、今は戻ってきているとか。しかし一昨日の昼過ぎ、二人がどこで何をしていたのかは知らなかった。

店の前に行ってみた。大店とはいえないが、それなりの構えの店だった。店先に酒樽が積まれている。

「酒はどこも品不足だといいますが、ここは繁盛しているようですね」

配下の侍が、建物に目をやりながら言った。

しばらく外の様子を窺ってから、店に近づき中を覗いた。主人と算盤を手にした番頭らしい二人が、店の奥で話をしていた。店の外で水を撒いていた小僧に問いかけた。

「あの二人が、店の主人と番頭だな」

「そうです」

ここで通りを歩いてきた浪人者が、田原屋へ入った。小僧が頭を下げた。浪人者が見えなくなったところで問いかけた。

「店の用心棒だな」

「ええ。たまに破落戸などがやって来ますので」

主人と番頭、それに用心棒の顔を確かめることができた。さらにもう少し、様子を窺うことにした。

二

大目付配下調べ役の榊原が引き上げた後、正紀は青山や井尻、源之助や植村にもやり取りの内容を伝えた。

「杉尾殿や橋本殿は、必ずや成果を上げてお戻りになるに違いありませぬ」

話を聞き終えた源之助はそう言った。二升の酒を売った桑吉の背後に、塚田や小野瀬が関わっていることを明らかにしてもらわなくてはならない。

「しかし沓澤や桑原は、どう動くでしょうか」

植村が続けた。さらに何かを仕掛けてくることを予測している。

「じっとしてはいないであろう」

と青山。事実高岡藩上屋敷の周辺を、塚田や小野瀬らしい侍が様子を窺っている姿を目にした藩士がいた。捕らえようとしたが、逃げられてしまった。

「こちらに動きがあったら、すぐに応じようというわけですね」

「そういうことだ」

源之助の問いかけに、佐名木が返した。

「ただ動くならば、田原屋を使うのではないでしょうか」

「しかし今やつらは、うまくいったと喜んでいるところでは」

植村に続いて、井尻が言った。

そうかもしれないが、油断はできない。沓澤や桑原がしぶといことは分かっている。

また定信は、具体的な成果が出るまでとことんやらせるに違いなかった。

「油断はできぬ」

正紀の言葉に、一同は頷いた。

「紀助と用心棒は、今頃何をしているのでしょうか」

新たな企みをしているかもしれないと源之助は付け足した。

「様子を、見に行ってまいります」

植村が口にすると、源之助も行くと続けた。

「そうだな」

正紀も行ってみることにした。

藩主になったのだから屋敷にいて指図をするだけでもよいと感じるが、じっとしているのは性に合わない。

大川を越えて、深川一色町に着いた。店の周りを見る限り、変わった様子はない。いつものように、掘割を荷船が行き過ぎてゆく。店の中を覗くと、三郎兵衛と紀助の姿が見えた。

「遠方に出てはいないな」

「杉尾殿らの動きに、気づいていないのでしょうね」

ほっとした口調で、植村が頷いた。山小川村へ行った杉尾や橋本の動きを知ったら、そのままにはしないだろう。

荷運びに出た小僧を追って、少し歩いたところで源之助が声をかけた。小銭を握らせている。

「上総市原郡からの文が、この二、三日で来ていないか」

「ないと思いますが」

それで小僧と離れ、屋敷へ戻ろうとしたところで、二人の侍から声をかけられた。田原屋からはやや離れたところだ。

「井上様」

見覚えのある顔だった。七日市藩側用人の矢田部兵衛だと思い出した。尾張藩上屋敷で会ったことがある。

ここで会うのは意外だが、矢田部もそう感じたらしい。

「何か田原屋にご用でもありましたので」

と問いかけてきた。正紀らが店の様子を窺うのを、どうやら離れたところから見ていたようだ。

「そこもとらも、田原屋に用があったのか」

「はあ、いささか」

「話してみよ」

前田一門ならば、盟友の間柄だ。それに矢田部が田原屋に関心を持った理由も、気になるところだった。藩主の利以が木挽町の芝居小屋で騒ぎに巻き込まれたことは、睦群から聞いている。

矢田部はわずかに悩む様子を見せたが、思い切ったように口を開いた。

「先日の、騒動について調べをしておりました」

「なるほど。藩としては、捨ててはおけぬであろうな」

木挽町からここに至るまでの、調べの詳細を聞いた。

「そうか」

田原屋の背後には沓澤や桑原がいて、その先には定信や本多がいる。沓澤や桑原は田原屋を使って、高岡藩だけでなく七日市藩、ひいては尾張と前田を嵌めようという企みだと分かった。

「憎っくきやつらですな」

源之助の言葉に、植村が頷いた。

「実は我らも、痛い目に遭わされておる」

正紀が応じた。酒の買い入れの件から、沓澤らに嵌められたことと、その手先となったのが田原屋であることを伝えた。

「番頭紀助と用心棒宇宿原は、先頭に立って動く者だ」

矢田部が耳にした番頭ふうと浪人者が、この二人となる。

「さようでございましたか」

よほど驚きが大きかったらしい。顔を強張《こわば》らせ、聞き終えて返答をするのに数呼吸するほどの間があった。

「河原崎座の前で、無宿者ふうを使って騒ぎを起こさせたのが何者なのかは、明らかなことだ」

正紀は断定した。ただやらせた証拠がない。大名家といえども、このままではどうにもならなかった。

「よきことを伺いました。さらに田原屋を当たってみまする」

「うむ。対処の場面では、力を合わせようぞ」

矢田部の言葉に正紀が返して別れた。

「七日市藩にも手を出していたとは、さすがに執念深いですね」

「亀之助殿の一件について、あの方はよほど腹に据えかねているのであろう」

源之助と正紀のやり取りだ。あの方とは、もちろん定信である。たかだか一万石の若造にしてやられては、腹の虫が治まらないだろう。

「田原屋も、乱暴なことをいたしますな」

植村も加わった。

「思いがけず、老中に連なる者たちに出会った。常ならば、顔を合わせることもできない相手だ。田原屋はここぞと、腹を決めたのだろうな」

「まさしく」

「地廻り酒問屋では、多少商い高を増やしたところで、たかが知れていると踏んだのではないか」

三人は、藩邸まで戻ってきた。すでに夕暮れどきになっていた。門前に、人足ふうの男が立っていた。門扉《もんぴ》を叩こうとしていたところだ。

「どうした」

源之助が声をかけた。

「上総市原郡、山小川村からの文をお届けにめえりやした」

荷船で深川まで来て、走ってきたと思われた。

「急ぎと言われていやした」

「そうか」

正紀が受け取った。杉尾からの文だ。どのような結果となったか心の臓が高鳴った。

正紀が銭を与えると、人足は引き上げていった。

このときだ。源之助はやや離れたところに、深編笠の侍がいたことに気がついた。

立ち去ってゆく。浪人者ではない。

ここでのやり取りを、耳にしたと感じた。

「塚田か小野瀬ではないか」

屋敷を探っていたのだろう。

「捕らえまする」

源之助と植村が、深編笠の侍を追いかけた。

正紀は屋敷に入った。佐名木と青山を呼び、早速文の封を切った。目で文字を追ってゆく。

「常作が白状をした。明日にも、常作と桑吉を伴い杉尾らは江戸へ戻ってくるぞ」

正紀は興奮を抑えきれずに言った。佐名木にも文を読ませた。

「これで、沓澤と桑原の関与を明らかにできますな」

佐名木が答えた。

「田原屋が、常作に二両もの金子を渡して酒を売らせる理由はない。必ず背後に誰かいると考えるであろう」

「大目付配下調べ役榊原甚八郎殿は、田原屋を厳しく責め立てるはずです」

「いかにも」

それから正紀は仔細を記した文を書き、睦群のもとへ家臣を走らせた。

京にも事の次第を伝えた。

「話が一つ前に進みましたな」

喜んだが、表情は冴えない。

「大殿は、今日も苦しまれたのか」

「いささか」

正国の容態はどうにもならない。「いささか」というのは、正紀への配慮だ。

しかし京の表情が冴えないのは、それだけではなさそうだった。出産が近づいた兆候が出てきて、体調が優れないからだと察した。

「大事にいたせ。無理はするな」

京の腹に、正紀は手を当てた。

三

「逃がしました。申し訳ありません」

深編笠を被った侍を追った源之助と植村が戻ってくると、二人は両手をついて正紀に頭を下げた。

下谷広小路《したやひろこうじ》の人ごみに逃げ込まれてしまった。魚油の赤い明かりを灯《とも》した屋台店が、人を集めている。

薄闇の中で捜し切れなかった。

「仕方なかろう」

正紀は応じた。源之助らを責めるわけにはいかない。

「山小川村で何かあったとは、気づいたはずだ」

文を運んできた人足は、山小川村からの文だと告げた。

「それだけでは詳細は分からぬが、よほどの大事とは受け取るでしょうな」

正紀の言葉に佐名木が返した。

「いろいろと考える中で、常作が白状した場合も考えるかと存じます」

「となると、山小川村へ刺客を送るやもしれませぬ」

「それはかまわぬが」

常作らはすでに村にはいない。

「江戸へ呼ぶと考えるでしょうか」

「それも含むであろう。すると沓澤らならばどうするか」

「到着次第斬り捨てるのでは」

「しかしいつ、どこへ来るかは分かりませぬ」

源之助の言葉に、植村が返した。

生実藩の領地を経て海に出、江戸内湾の輸送を行う深川熊井《くまい》町の船問屋房州《ぼうしゅう》屋の荷船に乗って深川まで戻ってくる。到着は明日だ。

しかしそれは、高岡藩内でも数人しか知らない。

「それがしらが船着場で出迎え、警護をいたしまする」

「そういたそう」

源之助の言葉に、正紀と佐名木が頷いた。

翌朝、大目付配下調べ役榊原甚八郎と関東郡代配下の村垣丙右衛門のもとに、源之助と植村を行かせた。今日中には、山小川村での一件について証言をする百姓が江戸へ着くと伝えたのである。

明日の昼四つ（午前十時）に郡代屋敷へ出向き、証言をさせたいとの旨も伝えたところ、どちらからも承諾の返事を得た。

昼過ぎに正紀は青山と源之助、植村を伴って、深川熊井町の船問屋房州屋へ赴いた。いつ着くかは分からないが、待つことはかまわない。万一のことを踏まえて、正紀も加わって警護につく段取りだった。

屋敷を出るにあたっては、見張る者がいないか充分に注意をした。

「つけてくる者は、いないようです」

屋敷周辺を一通り見回ってきた源之助が言った。それでも油断はしない。歩く途中も、周囲に目を光らせた。

熊井町の房州屋へ着いた。大川の河口の町だ。白い海鳥が、鳴き声を上げながら空を飛んでいる。彼方に帆を張った千石船が見えた。

市原郡からの荷船が房州屋の船着場に接岸したのは、夕七つ（午後四時）を過ぎた頃だった。だいぶ待った。

「船が着きました」

との声を聞いて、正紀と三人は船着場へ駆け寄った。

「お迎えありがたく」

正紀の顔を見た杉尾はそう言った。橋本も頭を下げた。

「よく腹を決めたな」

正紀は、常作や桑吉にもねぎらいの言葉をかけた。責める気持ちはなかった。

「ははっ」

二人の百姓は恐縮した。その場で平伏をした。

二丁の辻駕籠《つじかご》を用意していた。それに乗せて、高岡藩上屋敷へ運ぶ。藩邸で一晩過ごさせてから、郡代屋敷へ向かう運びだ。

「では参ろう」

道々気を配って歩いたが、襲撃などないまま藩邸に着くことができた。

その日の暮れ六つ過ぎ、またしても正国は心の臓の発作を起こした。これまでよりも激しい様子だ。

藩医辻村順庵が手当てに当たった。

四つ（午後十時）を過ぎても、治まったという知らせはなかった。はらはらする思いで正紀は、病間のある方向へ耳を澄ました。

「どうなるのでしょう」

怯えた顔で京が言った。病間へ行きたかったが、やめた。ここは辻村に任せるしかない。

正紀は京の体のことも気が気ではなかった。

「休むがよい」

と告げたが、眠ることなどできないだろう。

「もう駄目か」

正紀は胸の内で呟いた。

まんじりともせずに、何らかの知らせが来るのを待った。そして翌日の未明頃になって、容態が落ち着いた。

「そうか」

安堵の前に、驚きがあった。

「気持ちのお強いお方でございます」

辻村が言った。疲れた顔だった。懸命に手を尽くしたのだろう。

今度こそ駄目かと覚悟を決めたが、まずは胸を撫で下ろしたのである。

四

翌日の五つ半（午前九時）頃、屋敷周辺を見回った源之助と植村が戻った。

「不審な者は見えません」

正紀は報告を受けた。それで呼んでいた辻駕籠二丁に、常作と桑吉を乗せた。二人は緊張した様子だった。

「正直に、紀助とした話を伝えればそれでよい」

正紀は、二人に告げた。浅草《あさくさ》御門内の郡代屋敷に向かう。

正紀が駕籠脇につき、青山と杉尾、橋本と源之助、植村が警護についた。仰々《ぎょうぎょう》しくなるので、それ以上はつけなかった。青山と杉尾は、家中でも指折りの剣の遣い手だった。

神田川《かんだ》に出て北河岸を東に向かう。神田川を南に渡り浅草御門を潜れば、郡代屋敷は目と鼻の先だった。

新《あたら》シ橋《ばし》を過ぎて久右衛門《きゅうえもん》河岸に出ると、倉庫や薪炭《しんたん》屋が並ぶ町となる。このとき、北から風が吹き始めた。

「嫌な風だな」

肌寒い。

「まことに」

正紀の言葉に青山が返した。

「おや」

途中から、何者かに見られている気配を感じた。屋敷を出たときには、何も感じなかった。

「郡代屋敷へ向かうと察して、待ち伏せでもしていたか」

河岸道にある、大きな薪炭屋まで近づいた。そこで叫び声が聞こえた。

「か、火事だ」

黒煙がもうもうと上がっていた。

「付け火だ」

という声も聞こえた。北からの風が、炎と黒煙を河岸道に向けていた。火の粉は対岸まで飛ぼうとしている。

一行は、前には進めず立ち止まった。

「消せっ。火を消せ」

正紀は声を上げた。出火は薪炭屋だ。そのままにしたら、とんでもないことになる。

「ああ、飛び火するぞ」

町の者たちが、慌てふためいた様子で飛び出してきた。消火活動を始めた。集まった者たちは神田川の水を桶で汲《く》み上げ、手渡しで運ぶ。職人ふうの男が、燃え立つ炎に向けてぶちまけた。

しかし舞い上がった火の粉は、風に乗って神田川の対岸に飛んで行く。休みなく次々にだ。

「水だ。水だ」

切羽詰《せっぱつ》まった声だ。舞い上がる炎は、衰える気配がない。

捨て置くことはできない。下手をすれば江戸市中を覆う大火になる。

「手伝え」

郡代屋敷へ向かうことは高岡藩にとっては大事だが、江戸を火の海にするわけにはいかなかった。

幸いまだ、火は納屋に積まれた炭俵には移っていなかった。

「よし」

源之助や植村だけでなく、常作や桑吉も消火に加わった。もちろん正紀もだ。運ばれた水をぶちまける。

男だけではない。女や子どもも交じって、水桶の手渡しをしていた。誰もが目の色を変えている。

そのどさくさに紛れて、顔に布を巻いた商人ふうと浪人者が現れた。抜き身の刀と匕首《あいくち》を握っていた。

常作に襲いかかった。歯向かったが、浪人者の動きは速かった。まずは当て身で気絶させた。そして用意していた辻駕籠に押し込んだ。わずかな間のことだ。

火消しに夢中な町の者たちは、それに気がつかない。真っ赤な炎と黒煙だけが、目に映っている。

「おのれっ」

常作を奪われてしまうわけにはいかない。常作を押し込んだ駕籠は、すぐに動き出した。まるで待っていたかのようだ。

正紀は手にしていた桶の水を炎にぶちまけてから、場所を近所の若い衆に任せた。源之助と青山、杉尾もそれに続いたのが分かった。

四人で駕籠を追った。

そこへ道を塞《ふさ》ぐように現れたのが、顔に布を巻いた二人の侍だった。身構えて、腰の刀に手を触れさせていた。

「邪魔立てするな」

正紀は叫んだ。しかし相手は道を塞いだまま、刀を抜いた。腕ずくでも通さないという気迫がある。

「何の」

常作を奪われたままにはできない。正紀も刀を抜いた。傍にいた杉尾も抜刀した。

「追えっ。逃げた駕籠を追え」

目の前の二人とは、正紀と杉尾が対峙する。逃げた駕籠は、源之助と青山に追うように命じた。

「たあっ」

相手の一撃が、こちらの脳天を目指して振り下ろされてきた。確かな踏み込みで、勢いのある一撃だった。

正紀はこの刀身を払いながら、斜め前に出た。互いの刀の鎬《しのぎ》が擦《こす》れ合った。ほぼ同時に、二つの体が離れた。そして振り向く。

ここで初めて、正紀は切っ先を向けた相手と、相正眼で対峙した。

隙のない構えだ。相手はぴくりとも動かない。しかしそこにあった緊張は、すぐに崩れた。

相手の切っ先が、こちらの喉元をめがけて突き出されてきた。

正紀は、前に出ながらこの一撃を払い上げた。動きを止めず、逆に相手の胸を突いた。避けなければ、心の臓を突き刺す。

さすがに相手は、こちらの刀身を払いながら横に跳んだ。

しかしこの動きは、正紀も織り込み済みだった。動いた先にある肩を目指して、さらに突きを押し込んだ。

これでいけたと思ったが、相手の体が斜め後ろに跳んでいた。切っ先は空を突き、勢いのついていた正紀の体が前に出すぎて、いく分前のめりになった。

「くたばれ」

その隙を逃さず、相手の切っ先がこちらの二の腕を突いてきた。

正紀は刀を払って、切っ先を躱《かわ》したつもりだったが、着物の肩先を斬られた。紙一重で、傷つけられるところだった。

相手の切っ先が、休まずこちらの小手をめがけて迫ってきた。小さな動きだが、確かな攻めだ。ぐさりとやられたら、それでこちらは終わる。

「やあっ」

正紀は相手の刀身を、こちらの刀身で打ち下ろした。目の前にある体が、それで微かに揺れた。

そのまま動きを止めず、正紀は肩先めがけて切っ先を突き出した。

至近の距離だ。逃がさない。足を踏みしめ、渾身の力を込めている。

相手には身動きをする間がなかった。

「うわっ」

声が上がった。切っ先から、骨を砕いた感触が手に伝わってきた。相手は前のめりに地べたへ倒れ込んだ。

正紀は、倒れた侍の顔の布を剝《は》いだ。現れたのは、塚田三之助の顔だった。

少し離れたところでは、杉尾が覆面の侍と争っていた。見たところ腕は互角だ。正紀は杉尾の相手の右手近くまで寄って、刀を突き出した。

打ち込むつもりはなかったが、相手はそれを脅威と感じたらしかった。杉尾の二の腕に一撃を加えようとしたが、勢いがなかった。正紀の攻撃を警戒したからに違いない。

杉尾は相手の一撃を撥ね上げた。そのまま動きを止めず、切っ先を二の腕に突き刺した。

「ううっ」

相手の刀が、宙に舞った。駆け寄った杉尾は、顔の布を剝いだ。二の腕を斬られて呻いているのは、小野瀬丙之進だった。二人に縄をかけた。

「後は任せるぞ」

正紀は、常作を攫《さら》った駕籠を追って、河岸の道を東へ走った。

駕籠を追った源之助と青山は、浅草橋の手前で追いついた。青山が、後ろの男に斬りかかった。

「止まらねば、命を落とすぞ」

青山が叫んだ。駕籠を舁《か》いていた二人は、それで担《にな》っていた棒を放り出した。乗っていた常作が地べたに転がり出た。

死ななければそれでいい。

源之助は駕籠を担っていた男に躍りかかろうとした。そこへ商人ふうと浪人者が現れた。駕籠舁きたちは逃げ去った。

浪人者は刀を、商人ふうは長脇差を素早く抜いた。二人も顔に布を巻いている。

源之助は、刀を手にした方と対峙した。刀を抜いたのは、ほぼ同時だった。正眼に構え合った。

構えた浪人者の姿には、微塵《みじん》も隙がない。なかなかの腕前に見えた。

源之助は切っ先を揺らして、相手の反応を窺った。しかしそれには乗ってこない。攻めあぐねていると、向こうの足の爪先がわずかに動いた。

その直後、刀身が前に飛び出してきた。

こちらの喉元を狙っている。踏み込んできた利き足に、力がこもっていた。まともにはぶつからない。ぶつかれば、力負けしそうだ。

源之助は身構えたまま、体を横に飛ばした。すると相手の刀身が、その動きを見透かしていたように追ってきた。

そこで踏みとどまって、切っ先を撥ね上げた。

避けるだけでは追い詰められるのが目に見えている。一度躱してから攻めに転じる腹だった。

源之助は足を踏みしめ、刀身の落ちる角度を変えた。目の前にある相手の肩を目指して振り下ろした。

これで相手の動きが、一瞬止まったかに見えた。

どう避けるかと迷ったかに見えたが、相手はしたたかだった。身をそらしながら、こちらの刀身に刀身をぶつけてきた。

躱すと同時に攻めに移ろうという動きだ。

刀身を擦《こす》り合わせながら動いて、こちらの勢いを削いだ。そして一瞬刀身を離すと、小手を突いてきた。

とはいえ源之助は慌てない。相変わらず相手の体は、ぶつかり合う寸前のところにいる。

「とう」

狙いを定めて肘《ひじ》を突いた。小さな動きだが、迷いのない鋭い太刀筋だ。今度は避け切れない。

切っ先に、肉を裁《た》つ感触があった。

「おのれっ」

相手の体が、瞬間硬直した。源之助はその下腹を蹴った。それで目の前にあった体が、崩れ落ちた。

駆け寄って、顔に巻いていた布を剝ぎ取った。宇宿原が、痛みで顔を歪めていた。横を見ると、青山が打ち据えた商人ふうに縄をかけているところだった。顔の布は剝ぎ取られている。悔し気な紀助の顔があった。

そこへ正紀が駆け付けてきた。

「皆無事か」

「はい」

青山が答えた。駕籠から転がり落ちた常作は腕に擦《す》り傷ができていたが、それだけのことだった。

「では戻るぞ」

正紀が言った。付け火がどうなったか、気になるところだ。捕らえた紀助と宇宿原も引き連れて、薪炭屋へ戻った。

「おお、消えているぞ」

このときには、消火ができていた。焼け焦げたにおいが残っているだけだった。

「薪炭には、燃え移りませんでした」

この場に残っていた植村が言った。小火《ぼや》で済んだのである。

ここへは、土地の岡っ引きが駆け付けてきていた。町奉行所の定町廻り同心も、じきにやって来ると知らされた。

正紀は身分と名を名乗り、状況を伝えた。その上でこれから郡代屋敷へ向かうと話した。

付け火は重罪だ。調べには力を貸すと告げた。

「では、郡代屋敷へ参ろう」

正紀が言った。常作や桑吉だけでなく、捕らえた塚田と小野瀬、それに紀助と宇宿原の四人も引き連れて向かった。

五

郡代屋敷では伊奈忠尊の他に配下の村垣丙右衛門、大目付配下調べ役榊原甚八郎が待機していた。

「この者たちは」

常作や桑吉だけでなく、縄をかけられた侍と町人がいたのには驚いたらしかった。

調べの場に常作と桑吉、その後ろに塚田と小野瀬、紀助と宇宿原を座らせていた。

捕らえた四人には、縄がかけられたままになっている。

「さればでござる」

正紀は郡代屋敷に来る途中で付け火と出合ったこと、そして常作が駕籠で攫われた顚末を話した。四人が何者かも伝えた。

「そうか」

小野瀬が白河藩に連なる旗本沓澤家の家臣で、塚田が泉藩本多家側用人の桑原の家士であることを聞いて、伊奈や村垣、榊原も魂消《たまげ》た様子だった。

「すると紀助と浪人宇宿原某《なにがし》が、火事騒ぎに紛れて常作を攫い、塚田某と小野瀬某がその追跡の邪魔をしたわけでござるな」

「さよう。屋敷ではなく、通る道筋で我らを待ち伏せていたと存ずる」

村垣の問いかけに、正紀が答えた。久右衛門河岸で付け火騒ぎがあったことは、すでに伝えられていた。

江戸の者たちは火事に敏感で、話はすぐに伝わる。

塚田や小野瀬が刀を抜いたことについては、昼間でもあり少なくない目撃者がいた。駕籠について走った紀助と宇宿原についても同様である。

その部分では、四人は言い逃れできない。

「郡代屋敷へ行くのを、妨げたかったのでござろう」

「何ゆえで」

村垣の言葉に、正紀は分かっていて問いかけた。

「されたくない証言ゆえではござらぬか」

榊原が応じた。誰でもそう考えることだ。

付け火については、町奉行所の同心と岡っ引きが調べに当たっている。捕らえた四人が関わっているという疑念を持った上で、消火の場にいた者や近隣の者から聞き込みをしていることだろう。

「まずは常作と桑吉の申し分を聞こう」

伊奈が言うと、榊原も頷いた。調べの場では、正紀も同席を続ける。杉尾と橋本は、事の調べをした者として、庭に用意された床几《しょうぎ》に腰を下ろしていた。

常作が、問いかけに答えた。

「おれは紀助から二両を受け取りました。それで桑吉に、高岡藩へ酒を売るようにさせろと言われたんです」

理由は分からない。常作は触が出ていたことを知っていたが、桑吉は風邪で寝込んでいて聞いていなかった。

「知らせずに売らせろと、紀助に告げられたわけだな」

「そ、そうです」

「なぜそのようなことをしたのか」

「二両が、欲しかったので」

触に反すると知りながらやったと頭を下げた。掠れた声で、怯えが伝わってきた。

「桑吉、その方はなぜ売ったのか」

村垣が、問いかける相手を変えた。

「お、おれも、二升の酒の代金が欲しかったので。少しでもそれがあれば、とても助かるので」

百姓には、日銭が入らない。得られる手立てがあるなら、乗りたかったと続けた。

紀助と常作は生実藩陣屋近くの旅籠で会い、打ち合わせを行った。旅籠の主人は、宇宿原を交えた集まった三人の顔を覚えていると杉尾が付け足した。

証人がいるという話だ。

そして次は、宇宿原に尋問が行われた。

「その方は雇われて用心棒となり、紀助が遠方へ仕入れに行く折には同道していたわけだな」

「いかにも」

「では紀助と常作とのやり取りは、すべて傍で聞いていたのだな」

「さよう。拙者は、命じられたことをしただけでござる」

とした上で、宇宿原は常作の証言を認めた。攫おうとして捕らえられた以上、言い訳は利かないと悟ったのだろう。すべてをありのままに話す方が、罪が軽くなると判断したのだと察せられた。

「山小川村の二升の酒のことなど、まったく初めて聞く話でございます」

紀助は初め、常作の証言はありもしないことだと告げた。

「田原屋を陥《おとしい》れるための真っ赤な嘘でございます」

「ではなぜ、攫ったのか」

村垣が、苛立《いらだ》たし気に返した。あまりにも白々しい言い訳だと感じたのだろう。

「それは」

言い返すことができない。追っ手を妨げるために、長脇差を抜いて歯向かった。旅籠の主人という証人もいた。

「畏れ入りましてございます」

常作を唆《そそのか》し、二升の酒を高岡藩に売らせたことを認めた。

「何のために、そのような真似をしたのか」

榊原が訊いた。

「江戸の店からの指図でございます」

「文でやり取りをしていたわけだな」

「さようで」

「詳しく話せ」

「主人の三郎兵衛が、沓澤伊左衛門様と桑原主計様と結託して、高岡藩を陥れようとした話でございます」

覚悟を決めたからか、ここではあっさり答えた。

「ううむ」

伊奈や村垣、榊原は、旗本や大名家側用人の名が出てきて、仰天したらしかった。

「たかが二升の酒を売らせるくらいならば、何の罪にもならぬだろうと、高《たか》を括《くく》っておりました」

と紀助は続けた。

急遽《きゅうきょ》、郡代屋敷の手の者が田原屋へ向かい、主人の三郎兵衛を郡代屋敷まで連行した。早速尋問を始めた。

「いったい何事でございましょう」

初めはとぼけた口ぶりだった。ただどこかこちらを窺う気配は、調べの場に入ったときから見受けられた。

「紀助も宇宿原も、すべてを白状したぞ。塚田も小野瀬も捕らえた」

そう伝えると、体を震わせた。

「沓澤様と桑原様から、謀《はかりごと》をうまくやれば下り酒を仕入れられるようにし、白河藩と泉藩の御用達に加えるとおっしゃっていただきましたので」

紀助らの証言を認めた。

この頃には、町奉行所の同心や岡っ引きは、付け火をされた薪炭屋の小屋から、炎が上がった直後に逃げる侍二人を見た者を複数捜し出していた。また逃げた辻駕籠の舁き手も捕らえていた。

定町廻り同心が、証人を連れて郡代屋敷へやって来た。塚田らを検分させたのである。

「間違いありません」

顔に布を巻いていたが、体つきと着物の柄を覚えていた。塚田と小野瀬のものだった。その二人が、紀助らと一緒にいるのを見た者もいた。

付け火の件が、明らかになった。

「言い逃れはできぬぞ」

「ははっ」

捕らえられた者たちは、覚悟を決めたらしかった。もう言い訳をする者はいない。

榊原が、改めて紀助を問い質した。

「なぜ付け火を謀ったのか」

「高岡藩邸から出た常作と桑吉を、ただ襲っても攫うことはできないと考えました」

「警護の者がいると分かるからだな」

「さようで。火事騒ぎに乗じてと、塚田様が仰せられました」

火をつけたのは、塚田と小野瀬だという言い方だ。

「よし」

ここまでの証言を受けて、引き続き村垣が、塚田と小野瀬の尋問に当たった。先に問いかけたのは小野瀬の方だ。

すでに外堀は埋まっている。

「高岡藩に、天領の酒を仕入れさせることが目当てでござった」

と認めた。口には出さなかったが、父平内が亀之助のことで命を失っている。ここまでではどうにもならないが、無念の表情になっていた。

「では沓澤殿の指図があってのことだな」

榊原が迫った。榊原は相手が旗本や藩家の側用人であっても、問題があるならばはっきりさせようという腹らしかった。

「い、いいえ。それがし一存のことで」

「まことか」

「はい」

ここは譲らなかった。

「紀助は三郎兵衛と、沓澤殿の屋敷へ行ったと話しているぞ」

「来たのは間違いないが、付け火や常作を攫うことなど、指図してはおりませぬ」

三郎兵衛も具体的に何をするかなど、詳しいことまでは沓澤や桑原と話していなかった。

そして最後は塚田だ。この男もおおよそは認めたが、桑原の関与はなかったとの証言を崩さなかった。覆《くつがえ》す証拠はない。

ただ高岡藩が、天領から二升の酒を買い入れたことについては、裏に悪意ある者の企みがあったことは証明された。

この一件は、高岡藩だけでなく旗本沓澤伊左衛門及び、泉藩側用人桑原主計が関わる案件として大目付が中心になって吟味をすることとなった。沓澤家については目付が、そして田原屋については、町奉行所が加わる。

大目付と目付、町奉行所の三者が、連携をしながら事に当たるという流れだ。

常作と桑吉の身柄は、事の決着がつくまで郡代屋敷に留め置かれることとなった。

「事の解決に力を貸したわけだからな、大きな処罰にはならぬはずだ」

正紀は常作と桑吉に告げた。そもそも微罪といってよかった。

屋敷に戻って、佐名木や井尻にも伝えた。

「沓澤家や桑原家の関わりが明らかになったのは、何よりでございます」

「そこまで大っぴらになると、定信様や本多様も、勝手な真似はできぬでしょうからな」

まだまだ油断はできないが、できるだけのことはやったという思いだった。

六

それから二日後、正紀は睦群に呼ばれて今尾藩邸へ出向いた。二升の酒にまつわるその後がどうなったか、尾張には知らせが入ったと伝えられたからだ。

「伊奈は上の顔色を見て動く者だが、大目付配下調べ役榊原甚八郎は、骨のある者であった。調べの内容は、きちんと綴《つづ》りに残したぞ」

「それは何より」

「しかしな、沓澤と桑原を指図した者とはできなかった」

小野瀬と塚田が関与を認めなかったことが大きいが、伊奈の判断でそれ以上の問い質しは行われなかった。

「定信や本多への忖度があったのだろう」

睦群は不快そうな顔で付け足した。これは予想をしていた通りだ。

「ただな、この度は付け火が絡む」

これは重罪だ。塚田と小野瀬は言い逃れができない。

「二人はその日のうちに腹を切ったとか」

沓澤家と桑原家の処置だ。

「それで逃げたわけですね」

「いかにもだが、それだけでは済まなかった。家臣が付け火に関わったわけだからな」

知らなかったでは通らない。沓澤は千石の減封で新御番頭の任を解かれ、無役となった。

「それでも甘い処置でございますな」

「いかにも。だがこれで、定信は沓澤を相手にせぬようになるであろう。守ろうとする動きを見せなかった」

「亀之助殿のときと、今回ですからな」

「あの御仁は、使えない者には非情だ」

睦群はため息を吐いた。

「桑原は、どうなりますか」

これは泉藩での処罰となる。本多も不首尾に腹を立てているだろう。

「あれも側用人の役を解かれ、家禄は半減となる模様だ」

「なるほど」

「しかも国許へ戻される。もう江戸へ出てくることはないのではないか」

田原屋三郎兵衛と紀助、宇宿原は共犯ではなく、塚田と小野瀬に利用された者として、遠島《えんとう》となる見込みだった。

「常作と桑吉はどうなりますか」

「あれは五十敲《たた》きといったところであろう」

痛い目に遭うが、命に障ることはない。妥当な仕置きだと思われるが、肝心なことがもう一つあった。高岡藩がどうなるかだ。

「減封はない」

それを聞いて、まずはほっとした。何よりも怖れていた。これで大名でなくなることはない。睦群は続けた。

「万一そうなった折には宗睦様が、沓澤や桑原らの行いを、定信や本多が関わったこととして話を広げる腹だった」

犯行に関与とまではいかなくても、極めて近い者だった。噂になるだけでも、定信や本多にしてみれば避けたいところだろう。

弱味があったから、減封にはできなかった。

「ただな。定信はしたたかな者だ。それで終わりではないぞ」

言われて正紀はどきりとした。もっともだと思うからだ。睦群は初めから安堵の表情はしていなかった。

「二升の酒を買い入れた件は、消えてはおらぬからな」

「そういうことですね」

この件は、向こうにしたら切り札になる。やすやすとは手放さない。減封にはできなくても、何か次の手を打つだろう。

「いったい何をお考えで」

「七日市藩一万石前田家も、減封とするほどではないが、町中で騒ぎを起こした。しかも奢侈禁止の触が出ている中で、利以殿が芝居見物に出てのことだ」

「それも沓澤や桑原の企みのうちでございます」

この件についても、紀助や宇宿原は関与を認めている。

「そうだとしても、騒ぎを起こしたことに変わりはない。未然に防ぐことができなかった」

「まさしく」

高岡藩と同じようなものだ。定信派に与《くみ》する者ならば問題にもされないだろうが、高岡藩と七日市藩ではそうはいかない。

「これはまだ予想の域を超えぬが、国替えを考えている模様だ」

「ええっ」

魂消た。考えもしなかった。それ以上の言葉が、すぐには出てこない。

確かに一万石の大名のままだが、とんでもない話だ。家中挙げて大きな負担となるものだ。

領地を将軍家に返納し、新たな土地が与えられる。新たな土地の希望は言えないし、断ることもできない。大名統制の大きな柱の一つで、将軍の専権事項だ。

藩主だけでなく、家臣とその家族、陪臣を含めた一族郎党がこぞって新たな土地に移らなくてはならなかった。

その費えは、藩の負担となる。

「せっかく整えた高岡河岸が、他家の手に渡るということだ」

「と、とんでもない」

慌てた。これまでの苦労が水の泡だ。

「当家と、七日市藩前田家が交代になるのでしょうか」

湧いた疑問を伝えた。睦群は少し考えてから答えた。

「いや、どこか他の御家を絡めてくるだろう」

「それでは、定信様らにしたらさして面白くないということですね。どちらも関八州の内ですから」

「うむ。定信らは、おそらく不便で痩せた土地を考えているのではないか」

「おのれっ」

怒りで体が震えた。藩財政の逼迫を補うために、これまで高岡河岸の活性化を目指してきた。成果がようやく出始めたところで、どこかの大名の手に渡ってしまうことになる。

どこになるかは、まだ不明だ。将軍の裁可が下りて、正式に決まってしまったら覆《くつがえ》すことはできない。

「対策を立てねばならぬ」

減封は避けられたが、次の大波がやって来る。安堵するどころではなかった。

屋敷に戻った正紀は、佐名木や井尻、青山ら重臣を呼んで耳にしたことを伝えた。

「家中挙げての引っ越しでござるか」

佐名木が顔を曇らせた。日頃は気持ちを面《おもて》に出さない質《たち》だから、事のたいへんさが伝わってくる。

「そ、そのような費えはありませぬ」

井尻が背筋を震わせて言った。参勤交代の費用が、どうにか出せるようになったばかりだった。その何倍も、金がかかるだろう。

減封を避けられた安堵は、皆の顔から一瞬で吹き飛んだ。

「このことは、病床の正国様には伝えられぬぞ」

正紀は呟いた。気持ちが乱れれば、新たな発作を起こすかもしれない。

国替えの件は、京にも伝えなくてはならない。出産を控えながら、正国の看護にも当たっている。新たな心労を与えることになった。

「浮き足立ってはなりませぬ。まだお下知《げち》はないわけですから」

「それはそうだが」

「どうしたら避けられるか、そこを考えねばならないでしょう」

京の言葉はもっともだった。

「おのれ、いいようにはさせぬ」

正紀は奥歯をぐっと嚙みしめた。

本作品は書き下ろしです。

双葉文庫

ち-01-58

おれは一万石《いちまんごく》

不酔《よわず》の酒《さけ》

2023年7月15日　第1刷発行

【著者】

千野隆司《ちのたかし》

【発行者】

箕浦克史

【発行所】

株式会社双葉社

〒162-8540 東京都新宿区東五軒町3番28号

［電話］03-5261-4818(営業部)　03-5261-4868(編集部)

www.futabasha.co.jp（双葉社の書籍・コミックが買えます）

【印刷所】

大日本印刷株式会社

【製本所】

大日本印刷株式会社

【カバー印刷】

株式会社久栄社

【DTP】

株式会社ビーワークス

【フォーマット・デザイン】

日下潤一

ISBN978-4-575-67165-0 C0193

Printed in Japan

千野隆司　湯屋のお助け人　菖蒲の若侍　長編時代小説

旗本家の次男である大曽根三樹之助は思いがけず「夢の湯」に居候することに。三樹之助の活躍と成長を描く大人気時代小説、新装版第一弾。

千野隆司　湯屋のお助け人　桃湯の産声　長編時代小説

湯屋の主人で岡っ引きの源兵衛が四年前に捕らえた罪人が島抜けした。三樹之助は悪人の牙から罪なき人々を守れるか⁉　新装版第二弾！

千野隆司　湯屋のお助け人　覚悟の算盤　長編時代小説

「夢の湯」に瀬古と名乗る浪人が居候として加わった。どうやら訳ありのようで、力になりたいと思う三樹之助だが……。新装版第三弾！

千野隆司　湯屋のお助け人　待宵の芒舟　長編時代小説

五十両の借用証文を残し、仏具屋の主人が姿を消した。三樹之助と源兵衛は女房の頼みで行方を捜すことに……。大人気新装版第四弾！

千野隆司　湯屋のお助け人　神無の恋風　長編時代小説

辻斬りの現場に出くわした三樹之助と志保。事件を調べる三樹之助だが、志保との恋に大きな転機が訪れる。大人気新装版、ついに最終巻！

千野隆司　おれは一万石　無人《ぶにん》の稲田《いなだ》　長編時代小説〈書き下ろし〉

世子問題で大藩の思惑に揺さぶられる府中藩。領内の行方郡三村では、再び一揆が起きようとしていた……。待望のシリーズ第十弾！

千野隆司　おれは一万石　繰綿《くりわた》の幻《まぼろし》　長編時代小説〈書き下ろし〉

高岡河岸に納屋を建てようと、勘定頭の井尻が無断で藩の公金を繰綿相場につぎ込み、賭けは裏目に出た！　そのとき世子の正紀は!?

千野隆司　おれは一万石　慶事の魔　長編時代小説〈書き下ろし〉

正紀と京は子を授かり、山野辺には許嫁が決まった。おめでた続きの高岡藩だったが、続々と届く祝いの品のなかに「罠」が隠されていた。

千野隆司　おれは一万石　訣別の旗幟《はた》　長編時代小説〈書き下ろし〉

定信政権との訣別を決めた尾張徳川家一門は正国の奏者番辞任で意を示そうとしたが、そうはさせじと定信に近い一派が悪巧みを巡らす。

千野隆司　おれは一万石　商武《しょうぶ》の絆　長編時代小説〈書き下ろし〉

棄捐の令で大損害を被った札差をはじめ、商人が武士に対する貸し渋りをはじめた！　納屋普請で物入りの高岡藩は困窮する！

千野隆司　おれは一万石　大奥の縁　長編時代小説〈書き下ろし〉

尾張藩の徳川宗睦と大奥御年寄・滝川が、反定信の旗印のもと急接近していた。宗睦は滝川の拝領町屋敷の再生を正紀に命じたのだが……。

千野隆司　おれは一万石　出女の影　長編時代小説〈書き下ろし〉

正国の奏者番辞任により、久方ぶりの参勤交代を行うことになった高岡藩。金策に苦しむ正紀に、大奥御年寄の滝川が危険な依頼を申し出る。

千野隆司　おれは一万石　金《きん》の鰯《いわし》　長編時代小説〈書き下ろし〉

八月の正国の参府の費用捻出に頭を抱える正紀たち。そんな折、銚子沖の鰯が不漁だとの噂を耳にし〆粕の相場に活路を見出そうとするが。

千野隆司　おれは一万石　大殿《おおとの》の顔　長編時代小説〈書き下ろし〉

銚子の〆粕を巡る騒動は、高岡藩先代藩主の正森と正紀たちの活躍により無事落着。だが波崎屋と納場の一味が、復讐の魔の手を伸ばし……。

千野隆司　おれは一万石　尚武《しょうぶ》の志《こころざし》　長編時代小説〈書き下ろし〉

野分により壊滅的な被害を受けた人足寄場。再建に力を貸すことになった正紀は、資金を捻出すべく、剣術大会の開催を画策するのだが。

千野隆司

おれは一万石
花街《かがい》の仇討ち

長編時代小説
〈書き下ろし〉

三十年もの長きにわたる仇捜しの藩士。恋仲の娘を女衒から奪い返すべく奔走する御家人の三男坊。二つの事件は意外なところで絡み合い⁉

千野隆司

おれは一万石
世継《よつぎ》の壁

長編時代小説
〈書き下ろし〉

正国が隠居を決意し、藩主交代の運びとなった高岡藩井上家。正紀の藩主就任が間近に迫るなか、阻止せんとする輩が不穏な動きを見せる。

千野隆司

おれは一万石
藩主の座

長編時代小説
〈書き下ろし〉

廃嫡を狙う正棠たちの罠に嵌まり、蟄居謹慎の身となってしまった正紀。藩主交代を目前にして、窮地に追い込まれた正紀の運命は――⁉

千野隆司

おれは一万石
西国の宝船

長編時代小説
〈書き下ろし〉

新藩主として人事刷新を図った正紀だが、一部の者に不満が残る。その不満を払うべく、禄米二割の借り上げをなくそうとするが――。

千野隆司

おれは一万石
若殿の名

長編時代小説
〈書き下ろし〉

二人組の侍に命を狙われた男児を藩邸に匿うことにした正紀。身元を明かさぬ男児を温かく見守るが、実は思わぬ貴人の子だと判明し――。